記憶の海に僕は眠りたい

プロローグ

それはまだ、俺が夜の都会の喧騒《けんそう》を、いきがって肩で風を切るようにして歩くのを、カッコいいと思っていた愚《おろ》かで幼かった頃のこと……。

「なんだよ、また喧嘩《けんか》？　しようがないなぁ、おまえらも」

群れるのは本当は嫌いだったけれど、学校という名の共同体の中で、それなりにうまくやっていくにはある程度の『つきあい』は大切で……。

そんなことを内心ではしらけて悟《さと》っている俺の気持ちなど、気づくわけもない単細胞で、悪ぶっているわりには善良な友人のために、俺は苦笑しながらも立ち上がる。

「相手、どこの学校？」

母親のたっての頼《たの》みで、都内でも有数の進学校に入学したのは昨年の春。

けれど、母親の顔を立てるのもそこまでだった。

だって俺は、年に数える程度しか顔を合わせないような傲慢《ごうまん》で尊大な『父親』のために

記憶の海に僕は眠りたい

仙道はるか

white
heart

講談社X文庫

目次

プロローグ―6
STAGE 1―14
STAGE 2―70
STAGE 3―128
STAGE 4―189
エピローグ―235
あとがき―239

イラストレーション／沢路《さわじ》きえ

なんて、何もしてやりたくはない。

あんな、金と暴力だけで女子供を従わせようとするような男と、本当に血が繫《つな》がっているのかと思うとゾッとした。

そして、そんな男の顔色ばかりを窺《うかが》っている母親にもうんざりだった。

「冬星《とうせい》学園の佐上《さがみ》のグループなんだけど……」

「……よりによって、佐上かぁ。あいつら、むちゃくちゃ武闘派じゃん。痛い目見るの嫌《いや》だなぁ」

どんな進学校でも、それなりに横道にそれる人種は必ず存在している。

特に、中学時代はそれなりに成績優秀ともて囃《はや》されて偏差値の高い高校に入学したはいいが、あちこちから寄せ集められた優秀な人間たちのペースに、じきについていけなくなる者はけして少なくない。

勉強しか取り柄《え》のなかった人間から、その唯一の取り柄を奪い去ったら、あとはやさぐれるのも時間の問題で……。

滑稽《こっけい》なことには、この高校では遅まきながら高校デビューとやらをする生徒も少なくないのだった。

俺自身も、きっと傍《はた》から見ればその滑稽で愚《おろ》かな人間の一人でしかないのだろうと思う。

ただ、彼らと少しばかり事情が違うのは、俺の成績は高校に入学してからずっと、一度も学年二十番以内から順位を下げたことがないってことだった。

ようするに、俺はべつに学業からドロップアウトしたわけでもないのに、やさぐれているのである。

それでも、優等生揃《ぞろ》いのクラスメートたちとも、ドロップアウトした少々質《たち》の悪い連中とも、俺はそれなりにうまくやっているつもりだった。

高校に上がるまで空手を習っていたせいもあって、ちょっとは腕に自信があるから、こんなふうなお誘いを時折受けてしまうこともある。

正直、俺的には迷惑《めいわく》だけど、それもたまの気晴らしと割り切れば我慢もできる。

「頼《たの》むよぉ、章弘《あきひろ》」

「まったく、仕方ないなぁ」

うんしょと、椅子《いす》の上で組んでいた脚《あし》を振り上げるようにして立ち上がると、俺は制服の後ろポケットに両手をつっこみながら、情けない表情で俺を見つめている悪友たちへと顎《あご》をしゃくったのだった。

「行くぞ」

けれど、軽い気持ちで引き受けたその喧嘩《けんか》が、まさか自分のこれからの人生に大きな影響を与えるようになるとは、その時の俺は夢にも思っていなかったのだった。

「だ、大丈夫か、章弘！」

「俺はいいから、おまえら先に逃げろ……！」

「だって、怪我《けが》をしてるのはおまえ血ぃ出てるじゃないかぁ……」

自分のほうが痛いような泣きだしそうな顔でパニックに陥ってる仲間たちを、俺は壁に寄りかかりながら億劫《おっくう》そうな口調で「いいから、早く行け」と促した。

こちらへと、徐々に近づいてくるらしいパトカーのサイレンの音。

どうやら、騒ぎを見咎《みとが》めた通行人の誰かが通報でもしたらしかった。

喧嘩《けんか》相手の冬星学園の奴《やっ》らは、とっくに姿をくらませたあとだ。

このままここにいれば、割を食うのはこの場に残った俺たちばかりになる。

「心配するな、適当にごまかしておくから……」

相手がナイフを持っていたことに気づかなかったのは、俺らしくもないミス……。

腹を押さえた掌《てのひら》の下には、生温かくぬめる鮮血の感触があったが、まぁ死ぬほどの怪我ではないだろう。

いよいよ近づくサイレンの音に、ようやく周囲にいた仲間たちも俺を残して逃げる覚悟を決めたらしかった。

「あ、章弘、死ぬなよ……！」

誰がこの程度の怪我《けが》で死ぬかと苦笑いしながら頷《うなず》けば、それでも律儀《りちぎ》に何度も俺のことを振り返りながらも、仲間たちは駆け去っていった。

それと入れ替わりに、逆の方向からパラパラと俺に駆け寄ってくる足音がする。

出血のせいで霞《かす》み始《はじ》めた視線の先には、数人の制服警官と一人の若い私服の刑事の姿があった。

――うわっ、なんか刑事ドラマみてぇ。

俺が心の中でそんな暢気《のんき》な呟《つぶや》きをもらしているうちに、駆け寄ってきた警官が俺の肩を乱暴に揺すりながら、「喧嘩《けんか》の相手は？」「ほかに仲間は？」と矢継《やつ》ぎ早《ばや》に質問をしてくる。

おいおい、いくらなんでもそりゃあないんじゃねぇの？

俺、こう見えても怪我してるわけだし……。

そんなことを、腹の痛みを堪《こら》えながら考えていると、まるで俺の気持ちを代弁するかのような静かで穏やかな美声が、「やめてください、彼は怪我をしてるんですよ」と俺の肩を摑《つか》んでいた警官のことを窘《たしな》めてくれた。

「でも、しかし……」

「救急車を呼んでください。怪我人を病院に運ぶのが先決です」

静かだが有無を言わせない口調に、警官はしぶしぶ俺から離れて救急車を呼びに駆けて行った。

「けっこう、血が出ているようだけど、意識ははっきりしているかい？」

警官の武骨な指に変わって、俺の肩を優しく抱き寄せてくれた手は、ずいぶんと白く端《たん》正《せい》なものだった。

「は……い、まぁ……なんとか……」

軽く頭を振りながら視線を上げた俺は、目の前に跪《ひざまず》いて心配そうな様子で俺の顔を覗《のぞ》き込《こ》んでいる人の顔を見た瞬間《しゅんかん》、現金にも一瞬腹の痛みが吹っ飛ぶのを感じた。

――うひゃぁ、男でも美人って本当にいるんだなぁ。

呆然《ぼうぜん》と間抜《まぬ》け面《づら》になりながらも、目の前の綺麗《きれい》な顔から俺は視線を外すことができなかった。

サラサラの指触りのよさそうな長めの茶色の髪や、おそらくもともと色素が薄いのだろう綺麗な大きな琥珀色《こはくいろ》の瞳《ひとみ》や、瞳と同じ色の長い睫毛《まつげ》や、形よく通った鼻筋や、濡《ぬ》れたように紅《あか》い唇《くちびる》や……。

俺の目の前にいるどうやら刑事らしい青年は、いちいち綺麗な箇所を数え上げているときりがないような、そんな特出《とくしゅつ》した美貌《びぼう》の持ち主だったのである。

さっきこちらへと走り寄ってきた時は、俺の目が霞《かす》んでいたせいもあってよくわからなかったけれど、近くで見ると本当に刑事なんかにしとくには惜しいルックスだ。

琥珀色《こはくいろ》の瞳《ひとみ》なんで、日本人離れしたなんとも甘い色合いをしていて、実際に舐《な》めたら本当に甘いんじゃないだろうかと、俺に馬鹿《ばか》な妄想《もうそう》を抱かせるほどだった。

「きみ、本当に大丈夫か？　辛《つら》いようなら、私に寄りかかりなさい」

まさか俺が自分の美貌《びぼう》に見惚《みほ》れているとは夢にも思わないらしく、彼は優しい腕で俺の肩を抱き寄せてくれた。

——うーん、いい匂《にお》いがする。

「すぐに、救急車が来るからね」

耳に心地よい声と、俺を覗《のぞ》き込《こ》む綺麗《きれい》な顔。

気がつけば、俺はうっとりと血に濡《ぬ》れた指先を伸ばして、彼の白い頬《ほお》に触れていた。

「……ねぇ、名前……教えてよ……」

大きく見開く目が綺麗だと思った。

彼の名前を、俺はこの時、本当に知りたいと思ったのだ……。

けれど、結局その時の俺は、彼の口から直接名前を聞くことはできなかった。

なぜなら、俺は情けなくも、彼に名前を尋《たず》ねてすぐに、出血のせいで気を失ってしまったからである……。

STAGE 1

昼休みの大学の食堂で、金光章弘《かねみつあきひろ》は麗《うるわ》しの友人と二人でのんびりと食後のコーヒーなどを飲んでいた。

今日も平和だなぁ、などと暢気《のんき》に考えながら。

「あ、そういえば金光、今日ってバイトのある日だっけ？」

麗しの友人こと真田静流《さなだしずる》の質問に、金光は度のキツイ眼鏡《めがね》のフレームを指先で押し上げながら「そうだよ～ん」と能天気に答える。

一八〇を超す長身でプロポーションのほうも申し分のない金光だったが、その外見はというと、肩口まである少しくせのある黒髪を後ろで一つにまとめ、今時珍しいようなレンズの分厚い眼鏡をかけていて、少々冴《さ》えない。

しかし、そんな一見すると冴えない外見の金光だったが、じつは週に三日ほど銀座《ぎんざ》にある高級ホストクラブでホストのバイトをしていたりするのだった。

それもけっこうな売れっ子で、バイトでありながらも今ではクラブの№2の身分にあるというのだから、人間パッと見で人を判断してはいけないものである。

「そっか、じゃあ仕方ないな……」

「うーん？　何かあったの静流ちゃん？」

パッと見の冴《さ》えない金光とは違って、こちらは道を歩けば老若男女《ろうにゃくなんにょ》問わずにほとんどの人間が振り返るだろう美貌《びぼう》の主である静流は、その綺麗《きれい》な黒曜石《こくようせき》の瞳《ひとみ》にわずかに困ったような色を浮かべて「じつは……」と口を開いた。

「今夜、国塚《くにづか》さんと丹野《たんの》さんと一緒《いっしょ》に食事するんだ。で、国塚さんが、よかったら金光のことも誘えって言ってたんだけど……」

バイトなら、やっぱ駄目《だめ》だよなぁ？

念を押すように小首を傾《かし》げる綺麗な友人の姿に、金光は「えぇっ、超残念！」と本気で悔しがった。

国塚香《きょう》というのは、現在静流と同居中のフリーのカメラマンで、長身で精悍《せいかん》で端正《たんせい》な面差《おもざ》しの大人の男である。

そして、その国塚の幼馴染《おさななじ》みである丹野兵吾《ひょうご》のほうはというと、世間一般に美貌の二枚目俳優として有名だった。

そこに、国塚の写真集のモデルをつとめた経験もある静流が揃《そろ》うとなれば、それはそれはなんとも女性たち垂涎《すいぜん》の光景となることだろう。

基本的に美しいものや綺麗《きれい》なものが大好きな金光としては、ぜひともその場に同席したいのはやまやまだったが、如何《いかん》せんバイトを当日にキャンセルするわけにはいかなかった。

ゆえに、涙をのんで今回ばかりはと、その魅惑的《みわくてき》なお誘いを辞退することにする。

「もう、静流ちゃん。そういう素敵なお誘いは、せめて二、三日前に教えてよね。俺、静流ちゃんと国塚さんはともかくとして、丹野さんにはぜひとももう一度ゆっくり会いたかったのに」

——だって、一般人じゃないから、そうそう簡単に会えるような人じゃないじゃん……。

心の底から残念そうな金光の様子に、静流は困ったように形のいい眉《まゆ》を顰《ひそ》めた。

「ごめんな、俺も今朝になって国塚さんに言われたんだよ。丹野さんから連絡があったのも今朝だったらしくてさ……」

——あの人たち、自分たちが自由業のせいか、そういうことけっこういきなり決めちゃうんだよな。

どうやら静流自身も、それに関しては迷惑《めいわく》をこうむることが多いらしく、綺麗な顔に苦笑を浮かべて肩を竦《すく》めた。

「うん、それなら仕方ないもんね。今回は涙をのんで諦《あきら》めるから、今度また誘ってよ」

「わかった。丹野さんにも、金光がすごく会いたがってたって、伝えておく」

微笑《ほほえ》む静流の顔に、一瞬《いっしゅん》我を忘れて金光はぼぉっと見惚《みほ》れてしまった。

金光は、人の笑ってる顔が大好きだ。

どんなに落ち込んでいる時でも、誰かの明るい笑顔を見ていると、自分のほうまでなんだか元気になってくるような気がする。

他人にそのことを話すと、たいがい「なんてお手軽なんだ」と嘲笑《ちょうしょう》されることのほうが多かったが、静流は馬鹿《ばか》にせずにその金光の話に頷《うなず》いてくれた数少ない人間の一人だった。

外見だけではなく、静流は心の中までとても綺麗《きれい》な青年なのだ。

金光が知る、たぶんどんな人間よりも……。

トップモデルもかくやの長身とプロポーション、そして怜悧《れいり》で秀麗《しゅうれい》な美貌《びぼう》。

大学に入学して、初めて静流の姿を見た時は、正直そのあまりの優れた容姿に見惚れて視線を外せなかったくらいだ。

そっちの趣味《しゅみ》はないけれど、綺麗なものは生き物でも無機物でも大好きな金光としては、静流とお近づきになるのはやぶさかではなかった。

だから、積極的に自分のほうから声をかけて、静流と親しくなるための労力を金光は惜しまなかったのである。

――静流ちゃん、こんな外見をしてるわりに、けっこう中身は天然入ってるから、アプローチはちょっと図々《ずうずう》しいくらいでちょうどいいんだよね。

静流は見てくれは派手だったが、性格のほうはいっそ朴訥《ぼくとつ》で不器用で子供のように純粋だったから、彼の外見だけに惹《ひ》かれて近づいた人間は、たいがい途中でそのあまりのギャップに戸惑《とまど》って離れていってしまうことが多い。

もしくは、最初から高嶺《たかね》の花《はな》と諦《あきら》めて近づいてこないかのどちらかだった。

とりあえず、金光はそのどちらのタイプでもなかった。

金光にとっては、静流の綺麗《きれい》な外見ももちろん魅力的《みりょくてき》だったが、それ以上に静流のどこまでもピュアな性格が好ましかったのである。

それこそ、最初は人見知りされて、金光が十喋《しゃべ》るあいだに、静流は一度声を発すればいいくらいだったが、近頃ではすっかり打ち解けてくれて、それはそれは綺麗な笑顔《えがお》まで見せてくれるようになった。

心から嬉《うれ》しかったり楽しかったりする時の笑顔は、誰のものでも大好きだけど、静流の笑顔は元が最高級にいいだけに格別に金光を幸せな気持ちにしてくれる。

本当に、彼と友だちになれて自分は幸せ者だと金光は思うのだった。

その気持ちは、静流と国塚がじつは恋人同士だと知ってからも、まったく金光の中では変わらない事実だった。

静流のことは大好きだけど、それは間違っても恋愛感情からくる『好き』ではない。時々言動が怪しいが、金光自身の性癖《せいへき》はあくまでもごくノーマルなものだった。だからといって、同性同士の恋愛にも嫌悪感《けんおかん》はまったくなかった。好きになってしまったら、相手の性別も年齢もそう問題ではないと思う。

——それに、静流ちゃんは男だけど最高級の美人だし、国塚さんだって長身でハンサムで包容力のある大人の男だから、お似合いだと思うしさ。

国塚との関係を金光に知られた時、静流がさすがにしばらくのあいだは少しばかり後ろめたそうな様子だったので、金光は明るくそう言い切って静流を励《はげ》ました。

その金光の台詞《せりふ》には、静流はなんだか呆《あき》れたような表情をしていたが、それでもやっぱり嬉《うれ》しかったらしく、「ありがとうな」と礼を言って金光に綺麗《きれい》に笑ってくれた。

だから、それからも変わりなく彼らは親友なのだった。

「それじゃあ、そろそろ次の講義行こっか」

「そうだな」

共に一八〇を超える長身の彼らは仲良く席を立つと、自然と周囲の視線を集めながら食堂を後にしたのだった。

「章弘、着替え終わったら、ちょっと事務所に顔を出してちょうだい」

バイト先のホストクラブに、少し早めに出勤した金光は、更衣室の手前でこのクラブのオーナーである金光妙子《たえこ》に呼び止められ不思議そうに首を傾《かし》げた。

「え、妙子さん、俺何かしたっけ?」

「馬鹿《ばか》ね、誰もお説教しようってんじゃないわよ。ちょっと、手伝ってほしいことがあるのよ」

苗字《みょうじ》からもわかるとおり、妙子と金光は親戚《しんせき》関係にある。

妙子は、金光の母親の実妹なのだった。

母親の姉妹なのに、どうして苗字が一緒《いっしょ》かといえば、なんのことはない金光の苗字は母親のものだったからである。

なぜなら、金光には生まれた時から『父親』がいなかったからだ。

とりあえず、表面的にはそういうことになっている……。

飄々《ひょうひょう》として見える金光だったが、彼の家庭環境はこれでなかなか複雑なのだった。

このことは、今や親友であるはずの静流にもまだ話していない。

しかし、金光は知らなかったが、静流のほうも彼とさほど変わらない複雑な家庭事情を抱えているのだった。

もしかすると彼らが親しくなったのは、口に出さずとも、なんとなく互いに同族めいた匂《にお》いを嗅《か》ぎつけたからかもしれなかった。

「手伝ってほしいこと？　俺に？」

つい先頃四十の大台に乗ったばかりの妙子は、身内の欲目抜きにしても婀娜《あだ》っぽくも美しい女性だった。

しかし、色っぽい外見に似合わないかなりの姉御肌《あねごはだ》なので、その気の強い性格が災いしてか、いつまでたっても恋人とは長続きがしないらしい。

結婚など、はなからする気もないらしく、このホストクラブ以外にも都内にほかにプールバーとブティックを経営していて、やり手の女性実業家としての生活を謳歌《おうか》しているようだった。

金光は、そんな叔母《おば》のけして男に依存しようとしない生き方をカッコいいと感じ、彼女のことを昔から尊敬している。

妙子のほうも、彼女にとってはたった一人の甥っ子《おいこ》である金光のことを、小さい頃から可愛《かわい》がってくれていた。

「ええ、新人の面接。今日に限って、トオルが休みとっちゃってるのよ。だから、この店の実質的No.2であるあなたが、代わりに立ち会ってちょうだい」

トオルというのは、この妙子が経営するホストクラブ『シャドームーン』のNo.1ホストの、いわゆる源氏名《げんじな》である。

二十代後半で、外見はまさに今時のナンパな兄ちゃんふうなのだが、これで頭もきれて話術も巧《たく》みで、ついでに後輩の面倒見もいいという、なかなかにできた男である。

ホスト希望の新人の面接には、通常は妙子とこのトオルが立ち会うことになっているのだが、どうやら今日は常勤の彼には珍しく休みを取っているらしかった。

「面接ぅ？　俺がぁ？」

――俺、そんな偉そうなのガラじゃないよぉ。

思わず度の強い眼鏡《めがね》の下で（いちおう、バイト中はコンタクト使用）、眉《まゆ》をハの字に下げた金光だったが、妙子には彼の泣き言は通用しなかった。

「心配しなくても、私の隣《となり》でそれらしく踏《ふ》ん反《ぞ》り返《かえ》っててくれればいいわよ」

「……踏ん反り返ってろと言われてもさぁ」

――だいたい、いくら実質的に№2とはいえ、俺まだ二十歳《はたち》なんだよ？

金光は、思わず心の中で呟《つぶや》いていた。

昨今の不景気のせいか、このところの面接希望者のほとんどがリストラされた元サラリーマンなのである……。

自分よりもはるかに年上の、それもそれなりの社会人経験者に対して偉そうに踏ん反り返っていられるほど、金光は己に自信がなかった。

「もう、何言ってるのよ。黙って座《すわ》ってれば、誰もあなたの本当の年齢なんてわからないわよ。それにね、どんな職種だろうと今時年功序列なんて遅れてると思うの。今のような時代だからこそ、実力主義を企業は貫き通すべきなのよ！」

「はぁ、企業ねぇ……」

まぁ確かに、ホストクラブだって、ある意味企業なのかもしれないけれど。

「だいたい章弘、あなたは私の甥《おい》のくせに、少しハングリー精神に欠けているわ。トオルの不在のうちに、店の№1の位置を奪ってみせるくらいの勢いじゃなきゃ、男として腑甲斐《ふがい》なくてよ」

金光は、拳《こぶし》を振り上げて熱弁する叔母《おば》の迫力に圧《お》されて苦笑する。

自分としては、割のいい小遣《こづか》い稼《かせ》ぎのつもりで始めたこのバイトで、ついつい普段のノリの軽さと趣味《しゅみ》の知識力と話題の豊富さを知らずと駆使《くし》してしまい、気がつけば店に三十人以上もいるホストの中で№2の稼ぎ頭になっていただけでも、充分何かの間違いだと思っているというのに……。

金光がオーナーである妙子の甥であることは、ほかのホストも知っているので正面きった嫌《いや》がらせなどは今のところなかったが、それでもやっぱり中には自分のことを快く思っていない人間も何人かいて、現場での風当たりもこれでけっこう強かったりするのである。

それなのに、まかり間違って№1なんかになったものなら、陰で何を言われるかわかったものじゃないと、金光はうんざりと首を左右に振ったのだった。

目をかけてくれる妙子には悪かったが、人間、No.2くらいの位置をキープしているほうが精神的に楽に生きていけるというものである。

ハングリー精神よりも平穏、これが金光のモットーだった。

「もう、俺みたいな青二才が、海千山千のトオルさんにかなうわけなんかないじゃん。まっ、面接にはつきあってあげるけど、俺のことはあんまりあてにしないでよね」

それじゃあ、着替えたらすぐに事務所のほうに行くからと、何やら不満そうな面持《おもも》ちの叔母《おば》をその場に残して、金光は自分に与えられている個室へと逃げ込んだのだった。

「もう、本当に困っちゃうなぁ、妙子さんにも……。俺なんか、趣味《しゅみ》のパソコンや周辺機器なんかの充実のためだけにこのバイトしてるってのに……」

そう、べつにホストを究《きわ》めるつもりなど最初からないのである。

お金さえ稼《かせ》げれば、金光はページボーイでもなんでもかまわなかったのだ。

——でも、この仕事もそう嫌いじゃないけどね。

お客様に、一夜限りの虚構《きょこう》の夢を……。

自分のような人間でも、誰かを一時《いっとき》とはいえ幸せな気分にさせてあげられるのだと思うと金光は嬉《うれ》しかった。

やっぱり、幸せそうに笑ってる顔は、誰のものでも美しいと思う。

そりゃあまぁ、美人の笑顔《えがお》にこしたことはなかったが……。

──そうなんだよなぁ、俺って面食いなんだよね。

綺麗《きれい》なものは大好きである。

だけど、顔が綺麗なら性格はどうでもいいのか？　と問われれば、それははっきりと否《いな》だった。

綺麗で、頭がよくて、物事の道理をきちんとわきまえている人が好き、なのである。

他人から見れば、とんでもなく理想が高いということになるが、老若男女《ろうにゃくなんにょ》問わずに、そんな理想的なお客様に出会うと、金光はやっぱり幸せな気分になってしまうのだった。

そういう意味では、銀座の一等地に店を構えているだけあって、『シャドームーン』の客層は悪くない。

金離れのいい年配の有閑《ゆうかん》マダムや、同業者だけにそうヒドイ我《わ》が儘《まま》を言うこともない周辺の高級クラブのホステスたちなどが多く、彼女たちとの会話は、金光にとっても勉強になりいい刺激にもなっていた。

そう特に、社会の裏側や陰の部分も多く知るホステスたちからの様々な情報は、金光のとある特殊な趣味《しゅみ》にとって有益な場合が多いのである。

はたして、水商売のバイトが企業への就職にプラスになるかと問われれば、いささか疑問も残るのだが、とりあえずは金光にとってはいろいろな意味で趣味と実益を兼ねているこのバイトを、当分は辞《や》められそうになかった。

そんなことをつらつらと考えながらも、金光はすでに慣れた手順で冴《さ》えない大学生の金光章弘から、ホストのアキヒロへと着々と変身していく。

ここ『シャドームーン』では、売れっ子のNo.3までのホストには、それぞれに個室が与えられていて、専用のワードローブからシャワー室までもが部屋には設《しつら》えてあった。

金光がこのNo.2の個室をあてがわれてから、今月で三か月になる。

今年の春先にバイトを始めて、実質半年もしないうちにNo.2にまでのし上がった金光に、ほかの先輩ホストたちの態度は当然、好意的なものばかりではなかった。

陰では、金光のことを妙子の年の離れたツバメだと噂《うわさ》していることも彼は知っている。

移り変わりの激しいこの業界で、三年ものあいだトップの座を守り抜いているNo.1のトオルが、しっかりと目下のホストたちを管理してくれているのと、叔《お》母《ば》である妙子の威光《いこう》のおかげで、かろうじて表立った嫌《いや》がらせを受けたことはなかったが、やはり風当たりは強い。

特に、金光がNo.2に上がったせいで、それまでのNo.2からいっきにNo.4へと格下げになり、個室持ちの身分から追い出されたマサヤからは、親の敵《かたき》のように嫌われていた。

No.2からNo.3に落ちるのならともかく、No.4にまで落ちたのには、どう考えてもマサヤ自身にも責任があるのに、彼は自分の成績の悪さを素直《すなお》に認めるのが我慢できないのか、ほとんど言いがかりのように金光のことを嫌っている。

競争世界なのだから、こういうことも仕方のないことだとは頭ではわかっているつもりなのだが、やはり他人から一方的に向けられるあからさまな負の感情というものには、いつまでたっても慣れることはできなかった。

「……ていうか、慣れたくないっての、そんなものに……」

ポツリと哀《かな》しげに独《ひと》り言《ごと》を呟《つぶや》きながら、金光は彼にとってはある意味戦闘服でもある品のいいストーン・グレイの高級スーツに腕を通した。

上下揃《そろ》えて数十万円もするこの高級スーツは、アルマーニの今年の冬の新作らしい。らしいというのは、いわゆるご贔屓《ひいき》のお客様からの貢《みつ》ぎ物《もの》なので、当の金光自身にはよくわかっていなかったからである。

右手にはめたブルガリの時計は、大学の入学祝いに妙子から贈られたものだったが、これまたいったいどのくらいの値段がするのか、金光には想像もつかなかった。

スーツのポケットに忍ばせたダンヒルのライターも、お客様からのプレゼントなら、スニーカーからはき替えた革靴も、やはり貰《もら》ったものである。

ワードローブの中に、ズラリと並ぶ高級ブランドのスーツの一群もほとんどそうで、金光が自分で買ったものなど、今、眼鏡《めがね》からつけ替えたこのコンタクトレンズぐらいのものだった。

「うん、今日も完璧《かんぺき》」

等身大の姿見の前で自分の全身をチェックすると、金光は満足そうに頷《うなず》いた。

そうして、仕上げに普段は一つにまとめている黒髪を、ラフに後ろに撫《な》でつけるようにたらせば、大学での自分の姿しか知らない人間のほぼ九割が金光とはわからないほどの、完璧なホストのアキヒロの顔になる。

普段でも、この半分くらいは気合いをいれた格好《かっこう》で歩けば、静流ほどではないにしろ、かなりの数の女の子が彼を振り返って歩くに違いがなかった。

が、金光にはそんなものに金をかけるよりも、秋葉原《あきはばら》のパソコンショップや電器屋で稼《かせ》いだ金を散財《さんざい》するほうが楽しくて幸せなのである。

しかし、これに関しては、人それぞれの価値観があるので、なんとも言いがたい。

何はともあれ、気は進まないが、短気な妙子が怒りだすまえに事務所に行くかと、金光が溜《た》め息《いき》まじりで覚悟を決めたところに、コンコンと、控《ひか》えめに部屋のドアをノックする音がした。

妙子なら、もっとノックの音が暴力的だし、だいいちノックと同時にドアを開けてくるので（ノックの意味がないと思うのだが……）、来客が彼女ではないことだけは確かだった。

「誰ですか？」

店の人間のほとんどが自分よりも年上なので、金光は穏やかに声をかける。

「……あの、章弘さん。ショウですけど……」

遠慮《えんりょ》がちな細い声には少しだけ苦笑が浮かんだが、「どうぞ」と言いながらドアを開けた時には、金光の顔にはいつもの愛想《あいそ》のいい笑顔《えがお》があった。

「やぁ、今日は早いんだね」

金光自身、今日は早めに来ていたこともあるのだが、通常の出勤時間までには、まだ三十分以上の時間があった。

店の開店準備があるので、ページボーイの連中はとっくに着替えをすませてフロアに出ているはずだったが、ホストたちの姿はまだほとんど更衣室には見えない。

「ええ、大学のほうが午後から取ってた講義が休講になって暇になったから、早めに来ちゃったんです。そしたら、フロアのほうで章弘さんももう来てるって聞いたから……」

挨拶《あいさつ》しようかと思ってと、恥ずかしそうに小声で続ける。

「そっか、ありがとう。でも、何度も言うけど、俺なんかに気を遣《つか》う必要はないからね。あと、敬語も使わなくてもいいって、いつも言ってるでしょ？」

「でも……」

困ったように大きな瞳《ひとみ》を揺らす相手に、安心させるように屈託《くったく》のない笑顔を向ける。

「だって、ショウくんのほうが俺よりも年上なんだしさ」

金光よりも頭半分下にある小さな顔は、男だというのにどちらかといえば少女めいて可《か》憐《れん》で、なんとなく他人の庇護欲《ひごよく》をかき立てるようなところがある。

けれど、こんな外見をしていても彼は金光よりも一歳年長なのだった。

「だけど、ここでのキャリアは章弘さんのほうが長いし、それに№2なんですから、やっぱり僕なんかタメ口きけません」

生真面目《きまじめ》に紅《あか》い唇《くちびる》を噛《か》む青年に、金光は「うーん」と困ったように唸《うな》りながら頭をかいた。

このショウという源氏名《げんじな》を持つ青年は、このホストクラブでバイトを始めたばかりの時にちょっとしたミスをしてしまい、そのミスをたまたまその場に居合わせた金光に庇《かば》ってもらってからずっと、ほとんど盲目的《もうもくてき》なほどに金光のことを慕ってくれているのである。

——確かに、人に慕われて悪い気はしない。

何より、極度の面食いの金光の目から見ても、ショウは充分に可愛《かわい》かった。

——でも、俺としては、もうちょっとプライドが高くて攻略するのに手間ひまかけなきゃ駄目《だめ》な感じの、一見すると冷たいような美人タイプのほうが好みなんだよねぇ。

ついでに、プライドが高いわりに、肝心《かんじん》なところで抜けてたりすると、かなりたまらない感じだったりする。

このあたり、金光は自分では自覚がないが、少しマニアックである。

「ショウくんがそれでいいって言うなら、俺はもう何も言えないけどさ。でも、もうちょっと、肩の力抜いて話そうよ。そのほうが、きっと楽しいと思うしさ。ね？」

ニッコリと、微笑《ほほえ》みながら顔を覗《のぞ》き込《こ》めば、ショウはポーッと頬《ほお》を染めながら夢見るような瞳《ひとみ》で「はい」と頷《うなず》いた。

無意識なのか、両手が神様にお祈りを捧《ささ》げる時の乙女《おとめ》のようなポーズになっている。

――おいおい、大丈夫か？

この場合、金光が少しばかり不安になってしまうのも、仕方のないことだった。

けれど、可愛《かわい》らしい外見と、このどこか母性本能をくすぐる頼《たよ》りなさで、これでもショウはけっこう年上の女性層に人気があるのだから、世の中というものは意外によくできているのかもしれなかった。

「あ、俺、妙子さんに事務所のほうに呼ばれてるから、そろそろ行かなきゃ。また、後でねショウくん」

「はい、お邪魔《じゃま》しちゃってすみませんでした」

ペコリと頭を下げるショウの茶色の小さな頭を、ほとんど無意識に撫《な》でながら、金光はおそらく苛々《いらいら》しながら待っているだろう妙子のもとへと向かったのだった。

「遅いわよ！　面接の子、来ちゃったじゃないのよ！」

案の定、事務所の部屋のドアをノックした途端に、金光は待ちかまえていたらしい妙子に部屋の中へと引《ひ》き摺《ず》り込《こ》まれた。

「わっ、ごめん、ごめん……」

「応接室のほうに待たせてるから行くわよ。はい、これ履歴書《りれきしょ》。いちおう、目を通してね」

有無を言わさぬ口調で腕を取られて、履歴書を胸元へと押し付けられる。

「少し話してみたけど、ルックス的にも対人の態度にも問題ないから、向こうさえよければすぐに来てもらおうと思ってるの。その場合、あなたには彼の教育係になってもらうから、よろしくね」

「あ、うん……」

そこまで決まってるなら、自分は必要ないのではなかろうか？ と首を傾《かし》げながらも反射的に履歴書を受け取る。

そうして気が進まないながらも、押し付けられた履歴書へと視線を落とした金光は、その履歴書に貼《は》られた写真を見た瞬間《しゅんかん》……。

――心臓が、止まるかと思った。

「……う、嘘《うそ》だろう……」

しかし、呆然《ぼうぜん》としている金光になどおかまいなしに、妙子は事務所に隣接している応接室のドアを開くと、「お待たせしてごめんなさいね」と営業用の笑顔《えがお》を浮かべながらさっさと中に入っていってしまう。

動揺《どうよう》のあまり、部屋の前で立ち尽くしていた金光に気がついた彼女が、ソファーに腰かけながら眉《まゆ》を寄せて目顔で何をやってるのと睨《にら》んでくるのに、金光はようやく我に返って彼女の隣《となり》へと急いだ。

「改めまして、私がこの店のオーナーの金光です。こっちは、うちの売れっ子で章弘。あなたの教育係でもあるから、仲良くやってちょうだいね」

名刺《めいし》を差し出し勝手に話を進めてる妙子に呆《あき》れつつも、金光はあくまでもさりげなさを装《よそお》いながら、内心では極度の緊張でドキドキと鼓動《こどう》を跳ね上がらせて、自分の向かいのソファーに腰かけている『彼』へと視線を向けた。

「あの、それじゃあ、俺は採用してもらえるんですか？」

妙子の台詞《せりふ》に、驚いたように琥珀色《こはくいろ》の綺麗《きれい》な目を瞠《みは》っている『彼』の姿に、金光は軽い眩暈《めまい》を覚えた。

――信じられない……。最後に実物を見たのって、確か二年以上も前じゃん。感動、もう一度会えるなんて思ってなかったから。マジで嬉《うれ》しい……。

「ええ、あなたほどのルックスなら、一も二もなく大歓迎よ。ちょっと急かもしれないけど、明日から来られるかしら？」

相変わらず強引に自分のペースで話を進める妙子に、『彼』は気を悪くした様子もなく、安堵《あんど》したような表情で「はい、大丈夫です」と頷《うなず》いている。

サラサラの指触りのよさそうな長めの茶色の髪や、おそらくもともと色素が薄いのだろう綺麗《きれい》な大きな琥珀色《こはくいろ》の瞳《ひとみ》や、瞳と同じ色の長い睫毛《まつげ》や、形よく通った鼻筋や、濡《ぬ》れたように紅《あか》い唇《くちびる》や……。

初めて会った時も思ったことだけど、この人は今も変わらず綺麗なままなのだなと、金光は感動で胸をうち震わせながら思った。

だが、どうにか少し冷静さを取り戻すと、はたとあることに思《おも》い至《いた》り、慌《あわ》てて握り締めていた履歴書《りれきしょ》へと再び視線を落としたのだった。

ちょっと待てと、訝《いぶか》しげに眉《まゆ》を寄せる。

——確かに、こうして会えたことは嬉《うれ》しいけどさ、どうしてこの人が、よりにもよってホストの面接なんて受けに来なきゃならないんだ？

だって、『彼』は……。

金光は、『彼』に似合いの几帳面《きちょうめん》そうな丁寧《ていねい》な字で書かれている履歴書の経歴にザッと目を通してから、改めて叔母《おば》と歓談している『彼』の男にしてはずいぶんと綺麗に整った顔に視線を向けた。

——どういうことなんだ？

金光の視線に気づいたらしい『彼』が、わずかに困惑《こんわく》したように小首を傾《かし》げるのに、金光は目を眇《すが》めながらゆっくりと口を開いたのだった。

「……失礼ですが。以前に勤められていた会社は、どういった理由で退職なさったんですか？」

傍《かたわ》らの妙子が、「あら？」といったような表情で振り向いたのが気配で察せられたが、金光はそれを無視した。

自分の正面に座《すわ》っている青年の顔から視線を外さずに、穏やかだが有無を言わさぬ口調で、「もし差《さ》し障《さわ》りがなければ、理由を教えていただけませんか？」と尋《たず》ねる。

甘い色合いの瞳《ひとみ》にわずかな戸惑《とまど》いを浮かべた『彼』が、それでも耳あたりのいい穏やかな声で「お恥ずかしい話ですが、リストラです」と答える。

「ちょうど今年の春先の人事異動の時に、社内で大規模な人員削減がありまして、腑甲斐《ふがい》ないんですけど、俺もその対象に選ばれてしまったんです。大学を卒業してから四年間勤めた会社に、一方的に首を切られてしまいました。情けないですね」

形のいい眉《まゆ》の端《はし》を下げて、『彼』は苦笑を浮かべた。

膝《ひざ》に揃《そろ》えた白い手が、所在なさげに開いたり閉じたりしている様が微妙に庇護欲《ひごよく》をそそり、金光は知らずと優しい眼差《まなざ》しで『彼』のことを見つめていた。

「それは、大変でしたね」

「あ、自分が未熟だったとわかってますから……。きっと、自業自得《じごうじとく》なんだと今では思うようにしてます……」

金光の真っ直ぐな視線に、『彼』は居心地悪げに俯《うつむ》いた。

金光の気のせいでないのなら、ほんのりと耳朶《みみたぶ》が紅《あか》く染まっているようだった。

自分に見つめられて照れているのかと思うと、なんだか馬鹿《ばか》みたいに浮き足立った気持ちになる。

――そうだよな。きっといろいろと事情があるんだよな。でも、なんか、そんなことどうでもよくなっちゃった。

なぜなら、以前は遠くから見つめるだけだった『彼』と、こうして普通に会話を交わせる日がくるなんて、金光はこれまで予想だにしていなかったからである。

降ってわいたようなこのチャンスを、余計なことを言って自分からふいにするほど、金光は愚《おろ》かではなかった。

だから、ニッコリと屈託《くったく》なく笑いながら、「それじゃあ、その辛《つら》かった経験をバネにして、ここでは頑張《がんば》ってくださいね」と言って、金光は『彼』に向かって右手を差し出したのだった。

「これから、よろしくお願いします」

驚いたように一瞬《いっしゅん》目を丸くした『彼』が、ハッとした表情で慌《あわ》てて自分の手を握り、

「こちらこそ、よろしくお願いします」と丁寧《ていねい》に頭を下げるのに、金光はキュッと一度強くその白い手を握り締めることで応《こた》えた。

そうして、何やら興味深げに自分の横顔を眺《なが》めている叔母《おば》に向かって、金光は軽く片眉《かたまゆ》を上げると、『彼』の手を握ったままでソファーから立ち上がったのだった。

「開店時間まで、まだ少し時間があるから、先にこのまま、フロアや更衣室とか案内してくるよ。事務的な話は、その後で妙子さんから説明してあげて」

「……わかったわ。あなたも、それでよかったかしら？」

金光に手を引かれるようにして立ち上がったはいいものの、どうすればいいのか戸惑《とまど》っていた『彼』に向かって、妙子はやれやれと肩を竦《すく》めながら確認する。

「あ、はい……」

慌《あわ》てて頷《うなず》く『彼』には、妙子は艶《あで》やかに微笑《ほほえ》んだが、金光へと視線を向けた途端にわずかに剣呑《けんのん》な眼差《まなざ》しになる。

後で話を聞かせてもらうわよと、妙子の視線が無言の圧力をかけてくるのには素知らぬふりで、金光は自分の傍《かたわ》らに立った美貌《びぼう》の青年の顔を覗《のぞ》き込《こ》むと、嬉《うれ》しそうに口を開いたのだった。

「それじゃあ、行きましょうか。えっと、久我山《くがやま》……由貴《ゆき》さん？」

「あ、はい……」

優しい声で名前を呼ぶと、由貴は甘ったるい色合いの瞳《ひとみ》に微《かす》かに戸惑《とまど》いを滲《にじ》ませながらも、金光の顔を真《ま》っ直《す》ぐな視線で見上げたのだった。

「俺、由貴さんに会えてすっごく嬉《うれ》しいです。これから、仲良くしてくださいね」

「……はぁ」

金光のあからさまなまでに友好的な態度に、由貴は困惑《こんわく》を隠せない様子だった。背後では、妙子が呆《あき》れたように溜《た》め息《いき》をついている気配がする。

けれど、金光はそんな叔母《おば》の態度も気になりはしなかった。

今の彼にとって大切なことは、自分の目の前に、あの『久我山由貴』がいるのだという、確かな事実だけだったからである。

ここがフロアだよと言いながら、ページボーイたちが忙しそうに掃除をしている広々とした空間を金光は指差して、傍《かたわ》らの由貴へ紹介した。

開店前なので、店の明かりを全開に灯《とも》してあるせいか、なんだかあまりホストクラブのような雰囲気《ふんいき》はない。

どちらかといえば、高級ホテルのラウンジのような感じだ。

しかし、店が始まれば光源はいっきにこの半分に落とされて、途端にどこか淫靡《いんび》で妖《あや》しげな空間に様変わりするのだから不思議なものである。

「由貴さんは、常勤希望なんだよね？」

「……いちおう、そのつもりです」

物珍しげにあたりを見回しながらも、由貴がいまだ緊張した面持《おもも》ちと硬い声音で答えるのに、金光は苦笑を浮かべて「俺には敬語使わなくてもいいよ」と言った。

「でも、それは……」

できません、とでも続けるつもりだったのだろう生真面目《きまじめ》な表情に、金光は安心させるようにニッコリと微笑《ほほえ》む。

「俺ね、いちおうこの店の№2なんだけど、じつはバイトで常勤じゃないんだよ。店に来るのは週に三日だけ」

「え、バイト……？」

いったい由貴の目には、自分はいくつくらいに見えているのだろうか？

少なくとも、たぶん彼よりも六つも年下の大学生には見えていないことだけは確かなようだった。

「うん。俺、まだ大学生。このあいだ、二十歳《はたち》になったばっかりなんだ」

「だ、大学生？　二十歳……？」

呆然《ぼうぜん》と金光の言葉を繰り返す由貴に、ああ、こういう顔も綺麗《きれい》で可愛《かわい》いなぁなどと金光はうっとりと考える。

そんな金光の腐《くさ》った感慨《かんがい》など知る由《よし》もない由貴は、途端に眉間《みけん》に皺《しわ》を寄せて、憮然《ぶぜん》とした口ぶりで「感心しないな」と呟《つぶや》いた。

「え？」

由貴の言葉がよく聞き取れなかった金光が不思議そうに首を傾《かし》げると、由貴は切れ長の目でキッと自分よりも頭半分上にある金光の顔を睨《にら》みつけた。

「大学生が、こんなところでバイトしてるなんて、あまり感心できない」

その彼曰《いわ》く、『こんなところ』でこれから働く自分自身のことは棚に上げているらしい由貴は、疑いようもなく大真面目《おおまじめ》な様子だった。

——こういうとこは、前と全然変わってないんだな。

外見だけではなく、中身も綺麗《きれい》で真《ま》っ直《す》ぐ。

汚れてないんだねと、愛《いと》しいと同時に少しだけ切なくなる。

「まるで、教師か刑事みたいな台詞《せりふ》だね」

ちょっとだけ、意地悪をしてみたくなってそう言うと、由貴は明らかに狼狽《ろうばい》した表情で

「……出すぎたことを言って、ごめん」と俯《うつむ》いた。

震える長い睫毛《まつげ》に、嘘《うそ》をつくのが下手《へた》なんだねと、金光は内心で苦笑する。

さっきは、金光の質問にそれなりに落ち着いて答えていたが、おそらくあれはすでにシミュレーション済みの受け答えだったのだろう。

なんとなく、金光が思っていた由貴のイメージとは違うような気もしたが、さほど深く気にせずに目を眇《すが》める。

──アドリブは、もしかして苦手なのかな？

由貴の履歴書《りれきしょ》に書かれていた経歴は、都内の有名私立大の名前と、ちょっとは世間に名の通った企業の名前だけ……。

金光は本当は、そこに記された由貴の経歴が嘘《うそ》だと知っていたけれど、今はそれ以上彼を追及する気はなかった。

代わりに、少しでも自分に興味を持ってもらいたくて、自分のことを話しだす。

「由貴さん、俺の本名は金光章弘っていうんだよ。ここのオーナーの妙子さんは、俺の叔《お》母《ば》さんなんだ」

由貴は一瞬《いっしゅん》だけ、ふっと何かに引っかかったような顔つきになった。

けれど、いったい自分が何に引っかかりを感じたのかわからなかったらしく、複雑な表情で瞳《ひとみ》を揺らして、まるで問いかけるように金光の顔を見上げたのだった。

由貴のその反応は、金光にとってはずいぶんと意外で嬉《うれ》しいものだった。

もしかして、彼の記憶《きおく》の片隅《かたすみ》にでも自分の存在が引っかかっているのかと思うと、やはり嬉しく感じる。

「妙子さんは、俺の母親の妹でね。俺は生まれた時から母一人子一人だったから、甥《おい》っ子《こ》の俺のことをいつも気にかけてくれてて、少しでも学費の足しになればと、ここでバイトさせてくれてるんだよ」

すべてが嘘《うそ》ではなかったが、昔から金銭面《きんせんめん》で苦労はしたことがないので、『学費の足しに』の部分についてだけは大嘘である。

あくまでも、趣味《しゅみ》と実益を兼ねた小遣《こづか》い稼《かせ》ぎでしかない。

――ずるいかもしれないけど、少しくらい同情を引いたほうが、由貴さんみたいな人は好意的になってくれそうなんだもん。

しかし、金光の身の上話を聞いている由貴の表情が、見る見る申し訳なさそうに青ざめていくのに気づいて、途端に慌《あわ》てる。

「……ごめん。よく事情を知りもしないで俺は……」

「こ、こっちこそごめんね。変な話聞かせちゃった。由貴さんみたいな人から見たら、俺なんかチャラチャラしてるように見えたって仕方ないよ。だから、気にしないでね」

そんな落ち込んだ顔をされると、罪悪感で胸が痛くなってしまう。

「……チャラチャラなんて思わないよ。きみは、実年齢よりもずっと、しっかりしているように見えるし」

最初は、自分と同年代か、もしくは年上だとばかり思っていたのだと、由貴はわずかに頰《ほお》を赤らめながら小声で付け加えた。

「え、俺ってそんなに老《ふ》けて見えるのかなぁ。ちょっとショックかも」

「いやっ、そんなつもりじゃなくて……」

大げさに嘆《なげ》いてみせた金光に、由貴が焦《あせ》った様子で、そんなことはない、ただ大人っぽく落ち着いて見えただけだと、必死でフォローする姿が可愛《かわい》くて……。

金光は結局、途中でクスクスとおかしそうに笑いだしてしまったのだった。

「もう、由貴さんったら、真面目《まじめ》で可愛いなぁ」

「……え?」

呆然《ぼうぜん》と目を見開く顔が、とても綺麗《きれい》で、実年齢よりもはるかに幼く見える。

「冗談《じょうだん》だよ。そんなことで怒ったり拗《す》ねたりしないってば。どっちかといえば、大人っぽく見られて嬉《うれ》しいよ。だって、子供っぽく見られるよりも、ずっとそのほうがいいでしょ?」

ね? と、肩を引き寄せるようにして顔を覗《のぞ》き込《こ》めば、琥珀色《こはくいろ》の目を困ったように瞬《またた》かせて、由貴は「そ……うなのか?」と首を傾《かし》げた。

「そうそう、そうなの。だから、気にしないでね」

あ、こっちが更衣室だよといささか強引に話題を変えて、金光はそろそろ出勤時間が近づいたせいで込み始めた更衣室のドアを開けた。

「みなさーん、ちょっと注目!」

金光の能天気な声に、いっせいに着替えていたほかのホストたちが振り返る。傍《かたわ》らでビクリと由貴が緊張するのがわかったから、金光は安心させるように肩を抱いていた手に力を込めた。

——大丈夫、あなたのことは俺が責任を持って守ってあげる。

「明日からうちの店で働くことになった、久我山由貴さん。源氏名《げんじな》はぁ、まだ決まってないけど、皆さん仲良くしてあげてくださいね」

ニッコリと、緊張で綺麗《きれい》な顔を強張《こわば》らせている由貴のぶんまで笑顔《えがお》を浮かべて、値踏みするように由貴のことを眺《なが》めているほかのホストたちへ金光はペコリと頭を下げた。

慌《あわ》ててそれにならって由貴が頭を下げると、その場の空気が少しだけ緩《ゆる》む。

「なんだ、章弘。久しぶりの新人さんは、ずいぶんと別嬪《べっぴん》さんだな。おまえが担当なのか？」

「うん、当分はね。カナメさん、俺が店にいない時は、彼の面倒見てやってください。よろしくお願いします」

この場で一番年長であるカナメは、金光についでNo.3の個室持ちホストである。なのに、ほかのホストたちと一緒《いっしょ》に、こうして更衣室で談笑することを好み、外見も性格も男っぽくて面倒見もいい。

No.1のトオルともいいコンビで、金光もこの店の中では一番カナメのことを信頼《しんらい》していた。

「由貴さん、こちらはカナメさん。うちの店の№3で、一番の古株さんだよ。俺がいない時に、何かわからないことがあったらこの人に訊《き》くといいよ」

「あ、はい。久我山由貴と言います。これからよろしくお願いします」

更衣室の隅《すみ》に置かれたソファーに座《すわ》っていたカナメに向かって、由貴は神妙な表情で頭を下げた。

「ふーん、由貴ちゃんっていうのか。綺麗《きれい》な顔に似合いの雅《みや》びな名前だな。そのまま源氏《げんじ》名《な》にしてもいいんじゃないか？」

感心したような眼差《まなざ》しで由貴を見つめていたカナメだったが、台詞《せりふ》の後半は由貴ではなく金光に向けたものだった。

「そうですねぇ。由貴さんが、それでもいいならですけど」

どうしましょうか？　と隣《となり》を見下ろせば、由貴は困ったように眉《まゆ》を寄せて「俺はどちらでも」と答えた。

「わかりました。それじゃあ、そういうことで妙子さんには俺のほうから言っておきます」

由貴とカナメの両方に頷《うなず》きかけて、じゃあ次に行きましょうかと時間を確認しながら先を促す。

「そういえば、章弘。おまえ、明日は休みだったよな。それなら、彼のことをトオルには俺のほうから紹介しておこうか？」

カナメの親切な申し出に、しかし、金光はきっぱりと首を左右に振って断る。

「いや、教育係を任せられてるのに、いきなり初日を由貴さん一人にするわけにはいかないから、俺も明日は出ます」

この金光の台詞《せりふ》に、由貴は目に見えてホッとしたようだったが、カナメのほうは途端に面白《おもしろ》がるような顔つきになった。

「ふーん、なんだか今までになくずいぶんと熱心じゃねぇか。さては、惚《ほ》れたな？」

「やだなぁ、バレちゃいました？」

当然、金光の能天気な答えを冗談《じょうだん》だと思ったらしく、カナメもその周囲にいたほかのホストたちも、みんなおかしそうに笑っている。

由貴本人までもが、仕方なさそうに苦笑を浮かべていたが、実際には金光はまったく冗談など言ってるつもりはなかったのだった。

――うーん、俺ってば本気なんだけどなぁ。

本気で、もう三年も前から由貴に好意を抱いているのだが……。

まぁ、そこはそれ。

本心を知られて警戒されても困るので、金光は適当に笑ってごまかすことにしたのだった。

「けっ、いい気になりやがって」

不意に、背後で悪意のこもった呟《つぶや》きを聞《き》き咎《とが》めて、金光は笑顔《えがお》を消して振り返った。

声の主が誰かはわかっていたから、表面上はあくまでも穏やかな声を取《と》り繕《つくろ》って「あ、煩《うるさ》くしてすみませんでした」と謝る。

「……ふん」

しかし、返ってきたのは、そんな不機嫌そうな一言だけだった。

忌《い》ま忌《い》ましげな一瞥《いちべつ》を金光へ投げて更衣室を出て行く背中には、すでに慣れた光景とはいえ溜《た》め息《いき》が漏《も》れてしまう。

「気にすんな、章弘。まったく、マサヤの野郎の執《しゅう》念《ねん》深さには、俺も呆《あき》れるよ。この仕事は実力勝負だ。おまえがNo.2にのし上がったのも、あいつがNo.4に落ちたのも、どっちも個人の努力の結果なんだからな」

おまえを恨《うら》むのは、筋違いってもんだろう。

そう続けるカナメには、金光は自嘲《じちょう》で答えた。

「カナメさんにそう言ってもらえると、少しは楽かな」

ありがとうと、自分よりも一回りも年上の先輩ホストに礼を言うと、金光は気を取り直したように笑顔になって「じゃ、行こうか」とさっきから沈黙している由貴へと視線を向けたのだった。

訝《いぶか》しげに目を丸くする。

が、なぜか由貴が、先ほどマサヤの消えた更衣室のドアを凝視《ぎょうし》していることに気づき、

「どうしたの、由貴さん。もしかして、マサヤさんと知り合いだったりする？」

金光の問いに、我に返ったらしい由貴は慌《あわ》てたように首を左右に振った。

「え？　違うけど……。ただ、前にどこかで見かけたことがあるような気がして……。いや、ごめん。たぶん、俺の気のせいだと思う」

ごまかすように笑う由貴の姿に、金光は軽く眉《まゆ》を顰《ひそ》めたが、今度もこの場では深く追及することはしなかった。

代わりに、「由貴さんのロッカー、そこの一番奥が空《あ》いてるから使ってね」と、全然関係のない話をする。

そうして、面食《めんく》らう由貴にかまわずに、「それじゃあ、時間がないから次行こうよ」と、少しばかり強引に更衣室から彼を連れ出したのだった。

「あ、えっと、金光くん？」

「章弘って呼んでよ。俺も、本名をそのまま源氏名《げんじな》に使ってるんだ」

腕を摑《つか》んだままで、更衣室の横にある自分にあてがわれた個室へと、金光は由貴を連れ込んだ。

「うちの店は、売れっ子のNo.1からNo.3までは個室をもらえるんだよ。ここが、俺の個室。向かって左隣《ひだりどなり》がNo.1のトオルさんの部屋。トオルさんは今日はお休み取ってるから、明日改めて紹介してあげる。そして右隣が、さっき更衣室で会ったNo.3のカナメさんの部屋だよ。あの人、個室持ちのくせに、自分の部屋よりあっちにいるほうが多いんだ」

開店までそろそろ時間がないので、そこまでをいっきに早口で金光は説明した。

由貴は、その金光の勢いに驚いたように長い睫毛《まつげ》をパチパチと瞬《また》かせている。

「でね、本当は知らないふりをしてようかとも思ったんですけど、やっぱり気になるから、俺にだけは本当のことを話してほしいんです」

「……え、なんのことだ？」

不思議そうに瞬きを繰り返す由貴に、金光は真剣な表情になると、探《さぐ》るように目を眇《すが》めて尋《たず》ねたのだった。

「ねえ、これってもしかして、警察の潜入捜査《せんにゅうそうさ》だったりするのかな？」

「あれ、金光。今日はバイト休みだったんじゃないの？」

昨夜《ゆうべ》は、予定どおり国塚と丹野と三人で食事に出かけたらしい静流に、帰りにCDショップにつきあってと言われて、金光は申し訳なさそうにそれを断った。

せっかくの静流の誘いを二日連続で断るのは心苦しかったが、今の金光には静流以上に優先しなければならない相手がいる。

「うーん、本当は休みなんだけど、今日から一人店に新人が入ることになってってね。俺がその人の教育担当になっちゃったから、特別に出勤することにしたんだ」

金光の説明に、静流は「へぇ」と感心したように切れ長の目を丸くした。

「教育係なんて、なんか偉そうじゃん。俺さ、ホストやってる金光のこと見てみたいな。だって、全然想像つかないからさ」

見てみたい、見てみたいと、まるで無邪気《むじゃき》な子供のように繰り返す美貌《びぼう》の友人に、金光は眉《まゆ》の端《はし》を下げて「勘弁《かんべん》してよぉ」と呟《つぶや》いた。

「自分で言うのもなんだけど、バイトの時は普段の百倍くらいすかしてるから、恥ずかしくて大学の友だちになんか会えないよ」

だいいちに、あまりの普段との変わりように、すぐには自分だとわからないのではないかと思われる。

「えーっ、いいじゃん」

拗《す》ねたように唇《くちびる》を尖《とが》らせる静流に、思わず微笑《ほほえ》ましく目を細めながら、金光はそういえば静流と由貴は少し似ているかもしれないと考えていた。

――外見も中身も綺麗《きれい》で、それでいてちょっとほっとけないところとか、けっこう似ている気がするな。

もしかすると、無意識に重ねていたのかもしれないと思った瞬間《しゅんかん》、少しだけ後ろめたい気持ちになったのは、もちろん静流には内緒《ないしょ》のことだった。

金光が由貴と初めて会ったのは、今から三年半前、金光がまだ高校二年生の時のことである。

その当時、金光は自分の複雑すぎる家庭環境が不満で、今となっては恥ずかしくて仕方がないのだが、少しばかりぐれていた。

生きていることがつまらなくて、ずいぶんと毎日を投げやりに過ごしていた気がする。

高校に上がるまで空手を習っていたので、若干《じゃっかん》腕に覚えがあったこともあり、けっこう頻繁《ひんぱん》に喧嘩《けんか》などもしていた。

その日も、やはりいつものように、他校の生徒と殴《なぐ》り合《あ》いの喧嘩になったのだが、相手はさほど喧嘩は強くなくて、正直言って金光の相手ではなかった。

こちらも向こうも複数の人数での乱闘だったが、戦況は金光の側のほうが圧倒的に優勢で、いつもどおりそのまま決着がつくかと思われたのだが……。

なんとも金光には不運なことに、キレた相手側の一人が土壇場《どたんば》で刃物《はもの》を持ち出したのである。

もう今となっては、どんな状況からそんなことになってしまったのか覚えてはいないが、金光はそのナイフを持った相手側の少年に腹を刺されてしまったのだった。

当然、痛かったし、血もたくさん出た。

金光を刺した途端に、自分のしでかしたことが恐《こわ》くなったのか、相手側の少年たちはまるで蜘蛛《くも》の子《こ》を散らしたように逃げ出していった。

後に残されたのは、腹をナイフで刺されて蹲《うずくま》る金光と、刺された金光当人よりも我を失って錯乱《さくらん》している彼の仲間たちの姿だけだった。

喧嘩《けんか》を目撃した通行人が通報したらしく、パトカーがこちらへ向かっていることに気づいた金光は、自分にはかまわずに仲間たちに逃げるように指示した。

どう考えても、今の自分の状態では一緒《いっしょ》に逃げ出すことは困難だし、どうせなら警察に病院に連れていってもらったほうが手間も省けるさと、半ば自暴自棄《じぼうじき》に金光は思っていたのだった。

それに、悪ぶってはいるものの、しょせんは名門進学校のお坊ちゃんでしかない仲間たちのことを思えば、自分一人矢面《やおもて》に立てばいいさという、彼らしくもない自己犠牲的《じこぎせいてき》な気持ちも確かにその時の金光の中にはあったのである。

否《いな》、それ以上に、この自分の不祥事《ふしょうじ》を耳に入れた時に、自分のことをいまだに認知もしようとしない傲慢《ごうまん》で勝手な『父親』が、どんな顔をするか楽しみだと彼は思ったのだった。

警察がその場に駆けつけたのは、金光を置いてほかの仲間が逃げたのとほぼ入れ違いだった。

そうして、地面に蹲《うずくま》る金光に駆け寄ってきたのは、数人の制服警官と、一人の若い私服の刑事で……。

金光の怪我《けが》よりも、事件のあらましに気を取られている警官に向かって、「救急車を呼んでください。怪我人を病院に運ぶのが先決です」と毅然《きぜん》と言い放った若い美貌《びぼう》の私服の刑事こそが、昨日ホストクラブ『シャドームーン』でめでたく再会することとなった、久我山由貴その人だったのである。

当時、おそらく大学出たてだったと思われる由貴は、刑事のような無粋《ぶすい》な仕事についているとは思えないほどの端麗《たんれい》な外見の持ち主で、怪我の痛みで気が遠のきかけていた金光の意識が一瞬《いっしゅん》はっきりと覚醒《かくせい》してしまうくらいに、充分に綺麗《きれい》な青年だった。

「きみ、本当に大丈夫か？　辛《つら》いようなら、私に寄りかかりなさい」

そう言って、優しい腕で肩を抱き寄せてくれた由貴に、金光は見惚《みほ》れてしまった。

「すぐに、救急車が来るからね」

耳に心地よい声と、心配そうに自分を覗《のぞ》き込《こ》んでくる綺麗な顔。

気がつけば、うっとりと血に濡《ぬ》れた指先を伸ばして、金光は由貴の白い頬《ほお》に触れていたのだった。

「……ねぇ、名前……教えてよ……」

大きく見開く、色素の薄い目は、本当にこれまで見たどんなものよりも綺麗《きれい》で……。

その時、金光は本気で由貴の名前を知りたいと思ったのだった。

けれど、情けない話だったが、その後すぐに多量の出血のせいで気を失ってしまった金光は、結局、彼から直接名前を教えてもらうことはできなかったのである。

ただ、まるで自分を励《はげ》まし守るように、いつまでも優しい手が髪の毛を梳《す》いていてくれたことだけは、なんとなくおぼろげにだが金光は覚えていた。

気を失ってからすぐに救急車で病院に運ばれた金光だったが、思いのほか傷が深かったうえに大量に出血したために、それから三日ほど昏睡《こんすい》状態で生死の境を彷徨《さまよ》うこととなってしまった。

そのあいだに一度、なんと由貴自らお見舞いにも来てくれたらしいのだが、昏睡状態だった金光には知る由《よし》もないことである。

さらには、金光が病院のベッドで三途《さんず》の川《かわ》を渡りかけていたあいだに、現場にいた仲間たちの証言から、金光を刺した少年が警察に逮捕されたのだが、この事実を金光が知ったのも事件から一週間くらい過ぎてからだった。

しかもものすごく楽しみにしていたというのに、この犯人逮捕の情報を手土産《てみやげ》に被害者である金光の証言を取りにやってきた刑事は、これぞ叩《たた》き上《あ》げという感じの目つきの鋭いオッサンで、由貴ではなかったのである。

「俺のことを助けてくれた、あの若くて綺麗《きれい》な刑事さんはどうしたんですか?」

昏睡《こんすい》状態から覚めて以来、由貴のことばかり考えていた金光としては、この場合仕方のない質問だった。

あまりにも、金光があからさまに落胆《らくたん》しているのを見て哀れになったのか、その中年の刑事はぶっきらぼうな口調で、それでもほんの数日前に由貴が警視庁《けいしちょう》の少年課から、ほかの部署へと配属替えになったことを教えてくれた。

由貴が異動したのは、刑事部で主に殺人事件を追うことになる第一課とのことだった。もう次の事件に関《かか》わっていて毎日多忙そうなのだが、きみには早く怪我《けが》を治して元気になってほしいと言っていたと、その中年の刑事はいかつい顔のわりには親切に、嘘《うそ》か本当か付け加えてよこした。

彼の名前が久我山由貴というのだと知ったのも、この時だった。

「ご迷惑《めいわく》をかけました、ありがとうございますと、そう伝えてください」

はたして本当にその伝言を伝えてくれる気があったのかどうかはわからないが、中年の刑事はとりあえずは「わかった」と頷《うなず》いて帰っていった。

金光は結局、その後三か月ほど入院生活を送った。

なぜ、そんなに長引いたのかといえば、怪我のためにレントゲンを撮《と》ったら、胃に潰瘍《かいよう》があることまでわかってしまったからである。

　まさに踏《ふ》んだり蹴《け》ったりの状態で、出席日数が足りなくて、金光はもう一度高校二年生をやる羽目になってしまったのだった。

　だからじつは、金光は静流よりも一歳年長なのだったが、面倒くさくてその事実を友人には話していなかった。

　とにもかくにも、退院後、どうせ留年確実なんだから、あとはいくら休んでも同じだろうと開き直った金光は、さっそく警視庁の由貴に会いに行った。

　否《いな》、正確には、由貴の姿を見に行った、のである。

　いちおう、最初は声をかけるつもりでいたのに、姿を見たらなんだか眺《なが》めているだけでいいような気分になった。

　毅《き》然《ぜん》と颯《さっ》爽《そう》と働いている由貴の姿が眩《まぶ》しくて、視線を外すことができなかった。

　そうして、毎日のように殺《さつ》伐《ばつ》とした事件を追っている由貴の姿を追ううちに、いつしか金光は犯罪そのものにも興味を覚えるようになったのである。

　パソコンは最初から持っていたから、それに付《ふ》随《ずい》する怪しげな機材を秋葉原で購入しては部屋の中でそれぞれを接続したり改造したりして、警察無線の傍《ぼう》受《じゅ》などをし始めたのも、ちょうどこの頃からだった。

　そうやって気がつけば、金光は立派な『犯罪マニア』となっていたのである。

部屋の中で、由貴が乗る覆面《ふくめん》パトカーの無線を傍受《ぼうじゅ》したり、由貴の住む官舎の前で彼の帰りを待ったりと、今考えるとストーカーまがいのことを性懲《しょうこ》りもなくずっと続けていた。

学校は面白《おもしろ》くなかったし、家で母親の顔を見ていることにもうんざりで……。

おそらく、何もかも投げやりで自堕落《じだらく》になっていた自分とは違い、己に自信とプライドを持って清廉《せいれん》として生きている由貴を眺《なが》めることで現実逃避をしていたのだろうと、今の金光になら当時のどこか病んだ自分のことを冷静に分析《ぶんせき》することができる。

——羨《うらや》ましかったのかもしれない。

いつだって、生き生きとしている由貴のことが、きっと……。

もちろん、由貴があれほどまでに綺麗《きれい》な容姿をしていなければ、さすがに金光もここまで彼に執着《しゅうちゃく》はしなかったことだろう。

金光は、今も昔も変わらずに面食いなのだった。

そんな日々が半年ほど続いたある日……。

正確な日付は覚えていなかったが、季節がすでに冬だったことだけは確かなある日、いつものように遠くから由貴のことを眺めていた金光は、少し離れた場所で自分のほかにも由貴のことを見つめている男がいることに気がついた。

——なんだぁ？　あいつも由貴さんのファンか？

最初はそう思ったが、すぐになんだか様子が違うらしいことに気がついた。二十代半ばくらいの若い男だったが、どうにもまとう空気の禍々《まがまが》しさが尋常《じんじょう》ではなかったし、何よりも……。

どこか焦点の合ってないような目つきに、金光は心当たりがあった。

――ありゃあ、相当質《たち》の悪いヤク中だな……。バッドトリップ寸前ってところか。そんな奴《やつ》が、なんで由貴さんのこと見てるんだ？

確かな根拠《こんきょ》はなかったが、なんだか嫌《いや》な予感がした。

しかし、警察に通報すべきか金光が迷っているところで、男は不意に由貴から興味を失ったようにその場から離れて歩きだしたのである。

意外にしっかりとした足取りで歩き去る男の後ろ姿に、自分の杞憂《きゆう》だったのかと、わずかに金光は安堵《あんど》した。

なんとなく、その男のことを気にかけながらも、金光はいつものように由貴の働く姿を遠くから眺《なが》めながら一日を過ごしたのだった。

珍しく、今日は定時で仕事を切り上げたらしい由貴が官舎に戻る頃になって、それまで晴れていた空から突然冷たい雨が降り始めた。

しかし、警視庁から官舎までは、歩いてほんの十数分のところにあったので、由貴はタクシーを拾わずに走ることを選んだらしかった。

コートの裾《すそ》をなびかせて、片手で顔を隠すように走る由貴を、反対側の歩道から、やはり雨に濡《ぬ》れたままで金光も追いかける。

二人のあいだを行き交う車のヘッドライトに照らされて、時折雨が銀色の筋のように見える光景が、どこか幻想的《げんそうてき》だった。

——もう、風邪《かぜ》ひいたらどうするんだよ。

雨に濡れて、寒さに身体《からだ》を震わせているのは自分も同じなのに、金光はその繊細な美貌《びぼう》のせいか、線の細い印象を受ける由貴の身体を心配した。

走ったせいで、いつもの半分の時間で官舎に辿《たど》り着《つ》いた由貴に、とりあえずは金光もホッとした。

少し大きな通りからは離れた場所にある官舎の周囲には、金光と由貴以外の人影は見えない。

いや、見えないようにその時は感じられたのだった。

由貴に気配《けど》を気取られないようにと、金光は車道脇《わき》に植えられた木の陰に身を隠して、いつもどおり由貴が無事に官舎の中に消えていくのを見送るつもりでいた。

しかし、突然官舎の陰から人影が躍り出てきたかと思うと、背後から何か鈍器のようなもので由貴に殴《なぐ》りかかるのを目撃した瞬間《しゅんかん》、金光は咄嗟《とっさ》に何も考えずその場から飛び出していたのだった。

頭を押さえるようにして地面に崩れ落ちる由貴の姿に、頭の中が真っ白になった。

それと同時に、由貴を襲った暴漢《ぼうかん》に対する怒りで目の前が真っ赤に染まる。

「てめぇ、絶対に許さない！」

金光の鬼気迫《ききせま》る気配に気づいて振り返った暴漢の首筋に、金光は容赦《ようしゃ》のない回《まわ》し蹴《げ》りを渾身《こんしん》の力で放った。

高校に入ってから何度も喧嘩《けんか》はしたが、こんなふうに誰かに本気で空手技を使ったのは金光にとって初めての経験だった。

金光が習っていた極真空手《きょくしんからて》は、実戦的な武道として有名だったから、その有段者の破壊力は一種驚異的でさえある。

その極真空手で、金光は二段の有段者なのだった。

そんな金光の渾身の蹴りをまともに食らった暴漢は、まるで壊れた人形のように吹っ飛ぶと、官舎の壁に背中をぶつけてそのまま昏倒《こんとう》した。

それには冷たく一瞥《いちべつ》しただけで、金光は地面に蹲《うずくま》っている由貴へと慌《あわ》てて駆け寄ったのだった。

「由貴さん、由貴さん、大丈夫ですか？」

汚れるのもかまわずに、金光は地面に膝《ひざ》をつくと、雨に濡《ぬ》れてぐったりとしている由貴の身体《からだ》を抱きかかえて揺さぶった。

額から血を流して瞼《まぶた》を閉ざしている由貴の姿に、金光の顔色も青ざめる。

凶器は、壁際《かべぎわ》に昏倒《こんとう》している犯人の足元に転がっている金属バットらしかった。

こんなもので背後から思いきり由貴が殴《なぐ》られたのかと思うと、背筋が寒くなるような気持ちだった。

とりあえずは早く助けを呼ばなければと、官舎の軒先《のきさき》まで由貴を抱き上げて運んだ金光は、雨のあたらない場所でいったん由貴を下ろしてから官舎の中へと駆け込んだのだった。

そうして、外の騒ぎに気づき途中まで出てきていたらしい管理人へ早口に事情を説明し、救急車を呼んでもらえるように頼《たの》み込《こ》む。

外に出て、頭から血を流してぐったりしている由貴と、壁際で昏倒している犯人の姿を確認した管理人は、金光を振り返ると「怪我人《けがにん》を、管理人室のソファーまで一人で運んでこられるかね？」と尋《たず》ねた。

大丈夫と金光が頷《うなず》くと、それなら頼むと、自分は慌《あわ》てて救急車を呼ぶために管理人室へと駆け戻っていった。

——まさか、こんなことになるなんて。やっぱり、あの時警察に通報しておくべきだった……。

はっきりと確認したわけではなかったが、由貴を襲った暴漢《ぼうかん》は、金光が昼間見かけて気になっていた薬物中毒の若い男に、ほぼ間違いがなかった。

あの時、男に感じた嫌《いや》な予感はこれだったのかと思いながら唇《くちびる》を噛《か》む。

「ごめん、由貴さん。俺のせいだ……」

悄然《しょうぜん》と呟《つぶや》きながら、由貴の細いがしなやかに筋肉の張り詰めた若木のような身体《からだ》を抱き上げ、金光は管理人室へと向かおうとした。

しかし、俯《うつむ》いた頬《ほお》に不意に冷えた白い指先が触れる感触がして、ギョッとしたように足を止める。

「……きみは……確か……」

「由貴さん！　気がついたの⁉」

大きな琥珀色《こはくいろ》の瞳《ひとみ》が、腕の中で金光のことを不思議そうにジッと見つめていた。

「……よかった、怪我《けが》治ったんだね……」

呟く細い声に、情けないほど胸が高鳴った。

ああ、この人は自分のことを覚えてくれていたのかと、こんな時なのに嬉《うれ》しくて仕方がなくなる。

「由貴さん、官舎の前で暴漢《ぼうかん》に襲われたんだよ。覚えてる？」

「……なんとなく……」

どこかぼんやりとした口調とその眼差《まなざ》しに、もしかすると殴《なぐ》られたショックで記憶《きおく》が混乱しているのかもしれないと、金光は眉《まゆ》を寄せた。

——これは、やっぱり早く病院で精密検査をしてもらったほうがいいな。

そんなことを心配した表情で考えていたところに、玄関ホールの中央にあったエレベーターが開き、バタバタと焦《あせ》った様子でこちらへと駆けてくる人の気配を感じて金光は顔を上げた。

「由貴！　いったい、何があった！」

顔色を変えて走り寄ってきたのは、長身で精悍《せいかん》な面差《おもざ》しの若い青年だった。

この官舎に住んでいるのなら、彼も刑事なのだろう。

由貴のことを呼び捨てにしているので、もしかすると彼とは同期なのかもしれない。

「……慶二郎《けいじろう》？」

「今、管理人からおまえが暴漢《ぼうかん》に襲われたって連絡もらって、いったいどういうことなんだ……。それに、きみは？」

なるほど、管理人が連絡をしたのかと、金光は苦笑しながらも腕の中の由貴の身体《からだ》を、目の前の若い刑事に託《たく》す。

「俺は、たまたまその場に通りすがっただけの人間です。もうすぐ救急車が来ると思うので、この人のことお願いしますね。あ、犯人なら外でのびてますから、あとで回収してください。それじゃあ、俺はこれで」

「え、ちょっ？　待ちなさい、きみ！」

金光のことを引き止めたくても、由貴の身体《からだ》を抱えているのでどうにもできないらしく、若い刑事は焦《あせ》ったように「ちょっと待ちたまえ！」を繰り返している。

しかし、金光はそれを平然と無視すると、まだ強い雨が降りしきる外へと飛び出したのだった。

犯人は、依然《いぜん》として先ほどと同じ姿勢で壁際《かべぎわ》で昏倒《こんとう》したままだった。

まさか殺しちゃいないよなと、少しだけ不安になり近づいて手首の脈を取ってみる。

——なんだ、生きてんじゃん。

ホッと一つ息を吐いてから、今度は後ろを振り返らずに金光は走りだしたのだった。

冬の雨は、確実に金光の体温を奪っていく。

冷たくて、寒くて、なのに心の中がほんわりと温かく感じるのは、由貴が半年前に一度会っただけの（金光が昏睡《こんすい》状態の時にお見舞いには来てくれたらしいが……）自分のことを覚えてくれていたと知ったからだった。

おかしな話だが、一方的に彼のことを追い回していただけのくせに、金光はこの時、確かに報われたと感じたのだった。

思いを成就《じょうじゅ》したかのような妙な充足感に満たされて家に帰った金光は、その日の夜、長時間雨にうたれていたせいか高熱を出し、救急病院に運ばれた。

さらには肺炎をこじらせて、またもや三日ほど生死の境を彷徨《さまよ》い、病院のベッドで目覚めた時は、さすがに母親と叔母《おば》の妙子の両方に「もういいかげん、無茶はやめてくれ」と泣いて縋《すが》られてしまい、金光も自分の無茶な行動を反省しないわけにはいかなかった。

何よりも、金光の意識が回復したと知って、多忙で滅多《めった》に顔を見ることもない『父親』までもが病院に飛んできて、「おまえは、親よりも先に死ぬ気なのか！」と怒鳴《どな》られたのにはけっこう参った。

「反抗するのは勝手だが、命を粗末《そまつ》にするような真似《まね》だけはもう二度とするな！」

秘書もボディーガードも連れずに、すごい剣幕《けんまく》で病室に乗り込んできたかと思うと、いきなりそう叫《さけ》んだ『父親』の姿は、金光が初めて見た彼の親らしい姿だった。

閣僚会議《かくりようかいぎ》があるとかで、来た時と同じくらいの慌《あわ》ただしさで帰っていった『父親』のいつの間にか年老いた背中を見送った後、金光はまるで憑《つ》き物《もの》が落ちたかのように、これまでの両親に対する反抗心がどこかへ行ってしまったことを感じていた。

「さすがに、自分の息子が半年間に二度も死にかければ、あんな男でもいろいろと思うことがあるんじゃないの」

容赦《ようしや》のない妙子のツッコミにも、金光は笑って「そうかもね」と答えられるようになっていた。

べつに命を粗末《そまつ》にしているわけでも、無意識に自殺を試みたつもりもないけれど、自分の無茶を咎《とが》めて心配してくれる人がいるとわかったから、これからは少し変われると、そう思った。

とりあえずは、退院したら久しぶりに学校にでも行ってみるかと考える。

そして……。

――由貴さんは、あの後大丈夫だったんだろうか？

自分のことよりも、まずは由貴の容態を心配した金光だったが、由貴が警視庁勤務から都内のほかの所轄《しょかつ》勤務へと異動したことを知ったのは、金光が病院から退院して一週間後のことだった。

いったいどういった事情でそんな急な異動になったのか、異動先がどこの所轄なのか、その気になれば調べられないことはなかった。

なかったのだけれど……。

金光は、あえて調べないことにしたのである。

もしかすると、由貴が暴漢《ぼうかん》に襲われた時の参考人として警察に呼ばれるかもしれないと考えていたが、由貴が自分のことを誰にも話さなかったのか、結局警察が金光のもとを訪れることはなかった。

金光がひそかに由貴のことを追い回していたことに、彼が気づいていたとも思えなかったが、これはもしかすると現実逃避から目を覚ますいいきっかけなのかもしれないと、金光は少しだけ自嘲《じちょう》しながらも思うことにしたのだった。

由貴のことは確かに好きだったけれど、それが本当の意味の恋だったのか、今となってはよくわからない。

ただ、綺麗《きれい》なものに憧《あこが》れていただけなのかもしれないし、鬱屈《うっくつ》した退屈な毎日を、彼によって変えてほしかっただけなのかもしれなかった。

一つだけはっきり言えるのは、金光のある種の人生の転機に出会い、彼に自分自身を変えるきっかけをつくってくれたのが、ほかでもない久我山由貴だったということである。

一方的な想《おも》いだったけれど、彼に出会えて幸せだったと心の底から思える。

もう二度と会えないかもしれないけれど、もしも何かの偶然でもう一度会うことができたなら、今度は遠くから見ているだけではなく、もっと違う関係になりたいとそう思っていた。

しかしまさか、そんな願いがかなってしまうことを、金光も本気で思っていたわけではなかったのだが……。

とにもかくにも、彼らは再び出会ってしまったのである。

高校生と刑事としてではなく、ホスト（バイト）とホスト（？）として……。

STAGE 2

「ねぇ、これってもしかして、警察の潜入捜査《せんにゅうそうさ》だったりするのかな？」

目の前の長身の青年にそう尋《たず》ねられた瞬間《しゅんかん》、由貴《ゆき》の頭の中は驚愕《きょうがく》で真っ白になっていた。

なんで？　と思う。

なんで、このちょっとカッコいいかもしれない年下の青年は、そんなことを知っているのだろうかと、由貴はグラグラと視界が揺れそうになりながらも必死で考えていた。

「な、え、ちょっ……、ど、どうして……!?」

あまりの動揺《どうよう》で吃《ども》りまくっている由貴に、金光章弘《かねみつあきひろ》という名らしい青年は、宥《なだ》めるような優しげな笑顔《えがお》を浮かべて「由貴さん、落ち着いて」と甘い声で囁《ささや》いた。

今回、由貴が『仕事』で潜入したこのホストクラブの№2だけあって、外見はもちろんのこと、その口調の穏やかで優しいところとか、笑顔が爽《さわ》やかなところとか、金光は男の由貴の目から見てもかなりカッコいい青年だった。

そのカッコいい青年が、さっきから自分のことを穏やかな声で『由貴さん』と呼ぶのに、不覚にもドキドキしてしまっている由貴が、内心では悔しげに「おのれホストめ、女の敵め。こうして女を騙《だま》くらかすんだな！」と叫《さけ》んでいることは、もちろん金光には内緒《ないしょ》のことである。

「由貴さんは覚えてないと思うけど、俺、高校生の時に由貴さんに補導されたことがあるんだよ」

由貴の内心の葛藤《かっとう》など知らずに、ニッコリと笑ってそんなことを言う金光に、由貴はやはり愕然《がくぜん》とするしかなかった。

「……俺に補導？　あぁ、もう、なんてこった」

頭を抱えたままでその場にしゃがみ込みそうな勢いの由貴の姿に、金光が心配そうな様子で「大丈夫？」と訊《き》いてくる。

「お願いだから、内緒にするって約束してくれないか？」

泣きそうに潤《うる》んだ瞳《ひとみ》で由貴が見上げると、金光はなぜか「うっ」とうめきながら口元を片手で押さえて頬《ほお》を染めた。

「もう、そういう顔は反則だと思うんだけど」

「え？」

「……気にしないで、こっちの台詞《せりふ》だから。それよりも、事情をちゃんと説明してくれるなら、妙子《たえこ》さんにもほかの皆にも内緒《ないしょ》にしてあげてもいいよ」

微笑《ほほえ》みながら顔を覗《のぞ》き込《こ》まれて、真正面で視線が合う。

——とりあえず、べつに昔俺に補導されたことを、根に持っているというわけではないらしい……。

客観的に見て、手脚《てあし》の長い長身を覆《おお》った高級そうなスーツも、ラフに後ろに流した長髪も、彼の端正《たんせい》な顔立ちにはよく似合っていると思う。

こんな格好《かっこう》をしていても金光がナンパでチャラチャラしたように見えないのは、その穏やかで理知的な切れ長の黒い目のせいだろうかと、由貴はぼんやりと自分よりも頭半分背の高い年下の青年の顔を見上げながら考えていた。

けれど、あまりにも由貴がボーッとしていたせいか、目の前の青年の表情が徐々に心配そうなものに変わっていくのに気づき、ようやく我に返った。

「あっ、ごめん」

「……気のせいかとも思ったけど、由貴さん少し変だよ。なんかまるで、俺の知ってる由貴さんとは違う人みたいだ。それとも、どこか気分でも悪い？」

台詞《せりふ》と同時に伸びてきた大きな掌《てのひら》で額を覆われて、由貴は琥珀色《こはくいろ》の目を瞠《みは》った。

金光の台詞の内容と、その行動の両方に鼓動《こどう》が跳ね上がるのが自分でもよくわかる。

「熱は、べつにないみたいだね」

「……俺、やっぱり変わった？　きみの知ってる、久我山《くがやま》由貴とは別人みたい……？」

自分でも、どうしてこんなに傷ついているのかわからなかった。

こんな、ほとんど初対面のような相手に、『俺の知ってる由貴さんとは違う人みたいだ』と言われたくらいで、なぜ、これほどまでに泣きたいような気分になるのだろうか？

——だって、仕方がないじゃないか。こいつは、知らないんだから……。

刑事だった頃の、俺のことしか知らないんだから……。

「……ごめんなさい。気を悪くしたなら、謝ります」

由貴の様子に何か感じるものでもあったのか、金光は途端にしゅんとしたような顔になってうなだれた。

まるでその様子が、ご主人様に叱《しか》られた大形犬のようだったので、由貴は傷ついていたことも忘れて思わずクスリと笑ってしまう。

そんな由貴の笑顔《えがお》に、なぜか驚いたように目を丸くしていた金光だったが、慌《あわ》てて瞬《また》きをすると、「えっと、由貴さん？」と戸惑《とまど》うように彼の名を呼んだのだった。

「あ、うん、ごめん……。ちゃんと説明しないとわからないよな」

そのとおりです、と言わんばかりに大きく頷《うなず》く金光に溜《た》め息《いき》をついて、由貴は仕方がなく、ここに潜入《せんにゅう》することになってしまった経緯を彼に話すことにした。

「まず最初にはっきりさせておきたいのは、もう、俺は刑事じゃないってこと」

呆然《ぼうぜん》と信じられないとばかりに呟《つぶや》く金光の姿に、苦い笑《え》みを浮かべる。

「残念ながら本当だよ。辞《や》めてから、もう二年以上経《た》つかな……」

だから、実質的に由貴が刑事としての仕事についていたのは、ほんの二年程度の期間でしかなかった。

──なのに、その当時の知り合いに会っちゃうんだから、俺も運が悪いよな。

たぶん、金光を本気でごまかそうと思えば、どうにかできたと思うのだ。

けれど、明らかに自分に好意的な金光を見ていて、彼に嘘をつくのが辛《つら》くなってしまった。

自分でも、馬鹿《ばか》な話だと思う。

まったく記憶《きおく》にない相手に対して、罪悪感を持つなんて……。

──いや、まったく覚えてないわけじゃない。名前を、名前をどこかで聞いた覚えがあるような気がしたんだ、さっき……。

しかし、必死で記憶の底を探《さぐ》ろうとした瞬間《しゅんかん》、馴染《なじ》みのある鋭い頭痛に襲われそうになり、由貴は慌《あわ》てて自分を落ち着かせようと瞼《まぶた》を閉じた。

──駄目《だめ》だ、こんなところで今、発作を起こすわけにはいかない。

「……警察を辞めて、今は友人の探偵《たんてい》事務所を手伝ってるんだ」

「探偵《たんてい》事務所、ですか？」

なんだか、悪い冗談《じょうだん》でも聞かされたかのような顔つきをしている金光に、由貴は静かに頷《うなず》いた。

「由貴さんの刑事姿、綺麗《きれい》で颯爽《さっそう》としてて俺はすごく好きだったから残念です。でも、そっかぁ、今は探偵さんかぁ。それはそれでお似合いかもしれないですね。それじゃあ、この店に来たのって、その探偵の仕事なのかなぁ？」

察しのいい金光に感心しながらも、由貴は金光の口調がまるで自分のことをよく知る人間のそれのような気がして、少し不安な気持ちになった。

——俺に一度補導されたことがあるとか言ってたが、もしかしてそれだけの関係じゃないんじゃないのか？　だいたい、一度会ったきりの相手の顔を、そういつまでも覚えてるものなのか？

「……あの、金光くん」

「やだなぁ、章弘って呼んでって言ったでしょ」

「えっと、じゃあ、章弘くん……」

「ただの、章弘でいいですってば」

ニコニコと笑顔《えがお》で押しの強い金光に閉口しながらも、結局は由貴のほうが先に根負けして「わかった、章弘」と彼の望むとおりに呼び捨てる。

「はい、なんですか？」

あまりにも嬉《うれ》しそうな笑顔《えがお》なので、思わず次の台詞《せりふ》を口に出すことに怯《ひる》みを感じてしまった由貴だったが、勇気を出して尋《たず》ねてみたのだった。

「あの、変なことを訊《き》くようだけど、きみは俺と、もしかしてけっこう親しい間柄《あいだがら》だったってことはないだろうか？　その、俺が刑事だった頃にって、ことなんだけど……」

ある程度は予想していたことだが、自分を見下ろす金光の眼差《まなざ》しは、なんとも複雑な色合いをしていた。

思わず、今の台詞《せりふ》は聞かなかったことにしてくれと、叫《さけ》びだしたくなるのをすんでのところでどうにか我慢する。

——もう、いやだ。絶対におかしく思われたに決まってる。

せっかく、となぜか泣きそうな気持ちになりながら思う。

好意的で、優しくしてくれていたのにと……。

「……由貴さん、もしかして俺のことだけじゃなくて、刑事時代のことまったく覚えてなかったりする？」

けれど、金光は由貴のことを気持ち悪がったり馬鹿《ばか》にしたりすることはなかった。

代わりに、驚くほど真剣な顔つきで由貴の両肩を摑《つか》むと、由貴の琥珀色《こはくいろ》の瞳《ひとみ》を探《さぐ》るような眼差しで覗《のぞ》き込《こ》んできたのである。

「もしかして、記憶《きおく》が、あの時のショックで……？」

金光の長い指先が、由貴と親しいほんの一部の人間しか知らないはずの、一見すると外からはわからない頭の傷跡の上へと正確に触れるのに、由貴は大きく目を瞠《みは》って呆然《ぼうぜん》と目の前の青年の顔を見つめたのだった。

「……なんで？」

──なんで、きみが俺のこの頭の傷のことを知っている？

一瞬《いっしゅん》、寒気のようなものが背筋を粟立《あわだ》たせて、由貴はこの場から逃げ出したい衝動《しょうどう》にかられた。

そして、そんな怯《おび》えのせいか、カチリとすでに馴染《なじ》んだ頭の中が、切り替わるような音と、そして……声。

──ひどいなぁ。こんなところで入れ替わるなんてさ……。

とりあえずは、どうやって逃げようか？

そう考えていた次の瞬間、忌《い》ま忌《い》ましげに金光が吐き出した言葉を聞いて、今度は別の意味で由貴は身体《からだ》を震わせたのだった。

「畜生《ちくしょう》！　由貴さんがこんなことになるってわかってたら、あの時、あいつのこともっとボコボコにぶん殴《なぐ》ってやればよかった！」

三年前のあの時、自分が暴漢《ぼうかん》に襲われたところを、高校生らしき少年が助けてくれたのだということは、後から官舎の管理人と友人である柊《ひいらぎ》慶二郎《けいじろう》の口から聞いて由貴は知っていた。

なんだか、自分とは顔見知りのようだったと言われたが、その時のショックで、刑事になってからの数年の記憶《きおく》を失ってしまった由貴には、その自分を助けてくれたらしい高校生が誰なのか見当もつかなかった。

もしも、その高校生が偶然その場に通りかからなければ、由貴は確実に犯人に殺されていたに違いない。

だからずっと、できることなら一言だけでも命の恩人である少年に礼を言いたいと思っていたのだった。

そう、結局記憶が戻らずに、刑事を辞《や》めることになってからもずっと……。

「あの時、俺のことを助けてくれたのって、きみだったのか？」

由貴の、嬉《うれ》しそうな声に、金光はハッとした表情で口を噤《つぐ》んだ。

まるで、しまったとでもいうかのようなその様子に、由貴は戸惑《とまど》ったように「そうなんだろ？」と首を傾《かし》げたのだった。

「慶二郎から、俺を助けてくれたのは、背の高い高校生くらいの男の子だって聞いたんだ。三年前っていえば、きみもまだ高校生だよね？」

「……慶二郎って、あの時、官舎で会った刑事さんのことですよね……」

諦《あきら》めたように頷《うなず》く金光に、由貴は再び表情を明るくすると、「よかった」と言いながら抱きついたのだった。

「ゆ、由貴さん？」

動揺《どうよう》する金光をよそに、無邪気《むじゃき》な笑顔《えがお》で「助けてくれて、ありがとう」と礼を言う。

ようやく命の恩人にじかに礼を言えたことに浮かれている由貴を、金光は焦《あせ》ったように慌《あわ》てて引き離すと、「し、心臓に悪い……」と呟《つぶや》きながら背中を向けた。

「章弘？」

不思議に思って背後から顔を覗《のぞ》き込《こ》むと、耳まで真っ赤に染めた年下の青年は、軽く眉《み》間《けん》に皺《しわ》を寄せて由貴のことを睨《にら》みつけてきた。

「由貴さん、自覚ないかもしれないけど、誰にでもそういうことしちゃ駄目《だめ》だよ。由貴さん、綺麗《きれい》なんだから」

「そういうことってどんなこと？」

子供のような口調で問い返すと、金光は苦笑しながらも、クシャリと由貴の茶色のサラサラの髪の毛に長い指先をくぐらせて撫《な》でたのだった。

「由貴さん、記憶《きおく》なくしてから、性格まで変わったみたいだね？」

——まるで子供みたいだよ。

いや、それはそれで可愛《かわい》いけどね。

口調は複雑そうだったが、由貴を見下ろす瞳《ひとみ》はやはり優しい。

だから由貴も、金光には本当のことをすべて話してしまう気になったのかもしれない。

「慶二郎が言うには、俺は記憶《きおく》をなくしてから馬鹿《ばか》になってるらしいよ」

「馬鹿、ですか?」

目を瞠《みは》る金光に、由貴は「うん」と頷《うなず》いて俯《うつむ》いた。

「……人格が、ときどき入れ替わるんだ。章弘が知っている『久我山由貴』という人格と、今目の前にいる『俺』としての人格とね」

この部屋に連れ込まれるまでは、確かに記憶はないものの元刑事で金光の知っているほうの由貴だったのだ。

けれど今は、由貴の中に潜むもう一人の『由貴』へと入れ替わっている。

そう彼が告げると、金光はやや眉《まゆ》を寄せた険しい表情をしながらも、「それなら、雰囲《ふんい》気《き》違うのも納得できますね」と頷いた。

「あ、でもどっちの俺も俺だからね。勘違《かんちが》いするなよ。ちゃんと、両方の記憶もあるしさ」

「え、入れ替わっているあいだの記憶もあるの?」

意外そうな金光の問いに、『由貴』は自信ありげに「ある」と答えた。

「だって、どんな俺も俺だもん」

頭痛でもするのか、金光はどこかの気障《きざ》な二枚目俳優のように眉間《みけん》に人差し指をあてながら、「厄介《やっかい》ですね」と呟《つぶや》いた。

「俺よりも、周りがね。だから、警察も辞《や》めたんだ……」

さりげなさを装《よそお》ったつもりだったのに、語尾は情けなくも震えてしまっていた。

それに気がついたのか、悔しげに唇《くちびる》を噛《か》んで俯《うつむ》いた『由貴』の頭の上に、またしても慰めるように金光の大きな掌《てのひら》がポンと優しく置かれる。

「でも、どんな由貴さんも、由貴さんには変わりないよ。まぁ、忘れられていたことはちょっぴり残念だけど、こうしてもう一度会えたんだから、俺としてはハッピーかな」

「……おまえ、カッコいいくせに、性格がちょっと能天気すぎるぞ」

「え、俺ってカッコいい？　やった、由貴さんに褒《ほ》められちゃった」

暢気《のんき》に嬉《うれ》しそうに笑っている金光を見ているうちに、『由貴』のほうまでなんだか嬉しい気持ちになってしまった。

「おまえって、変な奴《やつ》だな」

「ひどいなぁ、さっきはカッコいいって言ってくれたくせに」

以前に何度か会ったことがあるのだとしても、記憶《きおく》がないのだから実質的には初対面と一緒《いっしょ》である。

なのに、金光のそばにいるとなぜかすごく安心できる気がして、『由貴』は不思議だった。

　きっと、これはオリジナルの由貴もそう感じているに違いがないと思った。

「それはともかくとして、そろそろ時間もないことだし、本題に移ってもいいかな？」

「本題？」

　すっかり、当初の話題を忘れていた『由貴』に、金光は特に呆《あき》れることもなく、穏やかに口を開くと言ったのだった。

「探偵《たんてい》さんである由貴さんが、わざわざこの店にホストとして入り込んだのは、いったいどんな調査のためなんですか？」


「で、まさかおまえ、バラしたのか？」

「仕方ないだろう、あの場合は……」

　新橋《しんばし》にある柊探偵事務所に戻り、ことの次第を説明した由貴に向かって、この探偵事務所の主である柊慶二郎は、はあ〜ぁと大げさな溜《た》め息《いき》をついて宙を仰《あお》いだ。

「信頼《しんらい》第一の探偵が、依頼された調査の内容を第三者にバラしてどうすんだよ！」

「だから、あの時は俺が『馬鹿《ばか》』になってたんだから、仕方ないと言ってるだろうが」

　怜悧《れいり》な美貌《びぼう》に苦虫を噛《か》み潰《つぶ》したような表情を浮かべている由貴には、さっきまでの金光と話していた時の子供のような無邪気《むじゃき》さは欠片《かけら》も残っていない。

彼が元に戻ったのは、ホストの仕事でフロアに向かった金光と別れてからだった。

それまでのやり取りの記憶《きおく》はすべて残っていて、自分でも自己嫌悪《じこけんお》に陥りそうだったが、すんでしまったものは、もはやどうにもならない。

時を巻き戻すことなど、ビデオテープではあるまいし、現代の科学では不可能なのである。

「開き直りやがったなぁ。可愛《かわい》くねぇ。しかし、そのホストクラブに顔見知りがいたのはまずかったな。しかも、あの時の高校生か……」

とんだ偶然だと、柊は短く刈った黒髪をガシガシと指でかき回しながら、濃い眉《まゆ》を顰《ひそ》めてみせた。

「おまえは、彼のことを覚えてるんだろう？」

柊に尋《たず》ねながらも、由貴はさっき会ったばかりの年下の青年のことを思い出していた。

まだ二十歳《はたち》だと言っていたが、実年齢よりもはるかに大人びて見える。

長身のハンサムで、物腰も柔らかく、頭も良さそうだった。

「あー、一回会ったきりだから、そんなにはっきりは覚えてねぇよ。まぁ、ガキにしては、なかなか肝《きも》の据《す》わったいい目をしてるとは思ったけどな。おまえを襲った犯人だけど、見事に一撃で気絶させられてたそうだから、ありゃあ何か武道の経験でもあるんだろ」

「そうなのか……？」

笑った顔しか見てないからかもしれなかったが、由貴には金光からそんな殺伐《さつばつ》とした空気は感じられなかった。

けれど、自分を襲った犯人を気絶させたのが彼なのだとしたら、やはりそれなりに腕に覚えはあったのだろう。

そういえば、最初に出会った時の話を詳しく訊《き》くのを忘れていたと、今さらのように思い出し、自分の迂闊《うかつ》さに舌打ちをしたくなる。

——いったい、俺はいつまでこんな中途半端《ちゅうとはんぱ》なままで生きていかなければならないのだろうか……？

刑事としての記憶《きおく》を失って、さらには己の意思を無視して人格が豹変《ひょうへん》してしまう自分の不安定さが、彼にはもどかしくて仕方がなかった。

これ以上周囲に迷惑《めいわく》をかけるのが嫌《いや》で警察を辞《や》めることを決めたはいいが、これからどうやって生きていくかも考えられずに途方にくれていた由貴に救いの手を差し伸べてくれたのは、今目の前にいる大学時代からの友人だった。

『俺も警察辞めて、探偵《たんてい》事務所開くことにしたから、おまえはそこを手伝え』

なんて、軽い口調でそう言うと、柊はあっさりと由貴よりも先に辞職願いを提出して警察を辞めてしまったのである。

柊の実家はかなりの資産家で、両親が一人息子である彼にはメロメロに甘いことは由貴も知っていたが、まさか探偵《たんてい》事務所設立のために、ポンと数千万を息子にくれてしまうほどの大甘だとはこの時まで思ってもいなかった。

そうして、由貴がオロオロしているうちに、柊はさっさと探偵事務所を設立してしまったのである。

『気にすんな、俺の人生は、すべてギャンブル。これがモットー』

ジジィがくたばったら俺は実家を継《つ》ぐから、その時はこの事務所、おまえに丸ごとくれてやるからな。

豪快に笑ってそんなことを言う柊には正直眩暈《めまい》を覚えたが、心の底で感謝したのもまた確かな事実だった。

とんだ放蕩《ほうとう》息子だが、柊は友情に厚く商才にも長《た》けている。

彼のおかげで、由貴は今こうして路頭に迷うこともなく働いていることができるのである。

「ところで、肝心《かんじん》のターゲットのほうはどうだったんだ?」

煙草《たばこ》に火を灯《とも》しながら不意に真顔になった友人の問いに、由貴は我に返って手帳を取り出すと、今日の調査でわかったことを報告した。

「例のターゲットだが、この店では『マサヤ』の源氏名《げんじな》で働いてる。章弘に頼《たの》んで見せてもらった店の名簿《めいぼ》には、本名『深沢旬《ふかざわじゅん》』、年齢は二十五歳とあった。案の定、依頼人《いらいにん》から聞かされた名前とは違ってたよ。まぁ、こっちの名前のほうも十中八九偽名《ぎめい》だとは思うけどな。勤務成績に関しては、常勤、バイト合わせて三十四名いるホストの中で位置はNo.4。

けっこう、売れっ子らしいけど、自分の成績上げるのに、平気でほかのホストの顧客を横取りしたりするから仲間内じゃ、あまり評判はよくないみたいだ。

三か月前まではNo.2だったのに、章弘に抜かれて現在はNo.4へとダウン。そのことで、どうやら章弘のことを逆恨《さかうら》みしてるらしい」

今日わかったことはここまでと、言葉を切って顔を上げれば、なぜかやけに思わせぶりにニヤニヤした柊と目が合い由貴は眉《まゆ》を寄せた。

「なんだ、気色の悪い面《つら》して」

「この男前の俺様に向かって、なんて罰《ばち》あたりなことを言うんだ、おまえは」

大げさに嘆《なげ》く柊に、やはり綺麗《きれい》な眉間《みけん》に皺《しわ》を寄せると、「だったら、人の顔を見てニヤニヤ笑うな」と由貴は抗議した。

「いやな、人見知りのおまえにしては珍しく、ずいぶんと気に入っているみたいだからな」

「……なんのことだ？」

うすうす、柊が何を言いたいのかわかる気はしたが、素直《すなお》に認めるのも癪《しゃく》に障《さわ》るので、とりあえずは嘯《うそぶ》く。

「照れんな、照れんな。会ったばかりのくせして、『章弘』なんて呼び捨てにしちゃって、どう考えても気に入ってるってことだろうがよ」

「……それは、あいつにそう呼べと言われたからで……」

言い訳しようとしたが、柊にわざとらしくヒラヒラと目の前で左右に手を振られたので、由貴は仕方なく口を噤《つぐ》んだ。

「だからって、普段のおまえがそれを素直にきくタマかっての」

あまりにも適切なツッコミだったので、返す言葉もない。

確かに、自分でもあの年下の青年のことを非常に気に入ってしまったらしいことは自覚していた。

最初から由貴に対して好意的だった金光は、由貴の少々特殊な事情を知ってからも、やはり態度を変えることなく優しかった。

今回の依頼《いらい》の内容を話して、駄目《だめ》でもともと思いながら協力を頼《たの》んだら、気が抜けるほどあっさりと協力することを約束してくれた。

『でも、名簿《めいぼ》とか本当は駄目なんだろ？』

そして、自分で頼んでおいて、いざ彼がそれを都合してくれると気が引けてそんなわかりきったことを尋《たず》ねてしまった由貴にも、金光はあくまでも笑顔《えがお》で屈託《くったく》なく『いいんですよ』と言ってくれたのである。

『だって俺、由貴さんの役に立てると嬉《うれ》しいし』

その時の由貴が、いくら普段の由貴ではなかったと言い訳しても、ニッコリと微笑《ほほえ》まれて思わず逆上《のぼ》せあがってしまったのは、哀《かな》しいかな動かしようのない事実だった。

「まっ、考えようによっては、いい協力者のおかげで仕事がしやすくなったってことだから、今回は許してやるよ」

「……依頼人《いらいにん》のことは話してないから、心配するな」

由貴の憮然《ぶぜん》とした答えには、柊は「そりゃあ当然でしょう」とがっしりと広い肩を竦《すく》めただけだった。


今回の仕事の依頼を持ってきたのは、笹島茉莉《ささじままり》という名の、美人だがどこか薄幸《はっこう》そうに見える二十七歳のOLだった。

彼女は、今から一か月ほど前に、当時結婚の約束をしていた男性に、これまでコツコツと貯《た》めていた二百万円のお金を騙《だま》し取《と》られ、なおかつ逃げられたらしかった。

せっかく元は美人なだけに、その憔悴《しょうすい》した様はあまりにも痛々しくて、見るものの哀れを誘った。

「最初は、もう仕方がないと思って、あのお金は彼にあげたものと割り切って諦《あきら》めるつもりだったんです」

なぜそんなふうに仕方がないなんて思えるのかと、由貴は話を聞いているだけでも腹を立てながら綺麗《きれい》な顔を顰《しか》めた。

「……私にはもったいないようなカッコいい人でしたから、彼が私のような面白《おもしろ》みのない女に嫌気《いやけ》がさしたとしても、仕方がないと思ったんです……」

美人のくせして、彼女はずいぶんと謙虚《けんきょ》な質《たち》らしかった。

あるいは、自分の容姿に自覚がないだけかもしれない。

「百歩譲って、もしそうだったとしてもですね、それであなたが一生懸命に働いて貯《た》めた二百万を、その男が持ち逃げしてもいいことにはならんでしょう」

由貴同様に、眉間《みけん》に皺《しわ》を寄せたままで柊が言うのに、彼女は華奢《きゃしゃ》な肩を揺らしながら
「……わかってます」と蚊《か》の鳴くような声で呟《つぶや》いた。

「警察に届けることも、まったく考えなかったといえば嘘《うそ》になります。けれど、被害届を出したことで、警察で根掘り葉掘り事情を訊《き》かれて、男に騙《だま》された愚《おろ》かな女だと周囲に笑い者にされるのが、どうしても私は嫌だったんです。プライドばかり高い、馬鹿《ばか》な女と思われるでしょうけど……」

だから、警察に届けるつもりはないのだと、彼女はうなだれながら言葉を続けた。

「警察に被害届を出すつもりもない、その男を捕まえて訴える気もない。それじゃあ、あなたは我々にいったいなんの調査を依頼《いらい》したいんですかね？」

柊のややきつめの台詞《せりふ》に、由貴は咎《とが》めるように友人の取《と》り澄《す》ました顔を横目で睨《にら》んだが、彼女は意外にも気を悪くした様子もなく、「じつは……」と最初よりも落ち着いた声音で説明を始めたのだった。

「つい三日ほど前なんですが、友だちと気晴らしに銀座《ぎんざ》に買い物に出た時に、偶然彼を見かけたんです」

「見かけたんですか？」

それじゃあ、なんでその時にふん捕まえて金を返してもらわなかったんだと、器用に片《かた》眉《まゆ》だけを上げてみせた柊の瞳《ひとみ》が語っている。

こんなか弱そうな女性にそれができれば苦労はしないだろうと、存外フェミニストな由貴は思ったのだが、あえて口には出さなかった。

「ええ、見かけました。私が初めて見るような派手な服装で、両脇《りょうわき》に綺麗《きれい》な女の人を二人連れて、銀座にある『シャドームーン』という店に入っていったんです。一緒《いっしょ》にいた友だちの話では、そこは有名な高級ホストクラブのお店だということです。

私には、普通のサラリーマンをしていると彼は言ってました。でも、教えられた社名に電話をかけて問い合わせても、そんな名前の社員はうちにはいないと言われて……。最初から騙《だま》されていたことが、それではっきりとわかりました。だから、それならそれで仕方ないと思ってるんです。

でも、たった一つだけ知りたいことがあるんです。彼が私に語った経歴が全部嘘《うそ》なのだとしたら、私が一年近く一緒《いっしょ》に過ごして、そして愛してたはずの男は、いったいどこの誰だったんでしょうか？　どうしても、それだけが気になって仕方ないんです。せめて、自分が騙された相手の正体くらいは知っておきたいんです」

彼女の切々とした訴えに、柊は「そりゃあ、至極《しごく》当然の話ですね」と頷《うなず》いた。

「その様子じゃ、名前も偽名《ぎめい》の可能性が高いですよね。あなたは警察に届けるつもりはないと言いましたけど、その男、下手《へた》するとその手の犯罪の常習犯かもしれないですよ。そういう男を野放しにしておくと、あなたみたいに陰で泣く女性がこれからも増える一方でしょう。わかりました。とりあえずは、その男の身辺調査ってことで、この依頼《いらい》を引き受けましょう」

じつは、ひそかにけっこう腹を立てていたらしい柊の言葉に、彼女はホッとしたように「ありがとうございます」と言って頭を下げた。

「それじゃあ、調査費用の前金として五万円いただくことになりますけど、大丈夫ですか？」

「……はい」

「そうですね、そのホストクラブに潜入《せんにゅう》してから本格的に調査を行うとしたら、期間は一か月ほどいただくことになりますが、それでよろしいですか？」

「ええ、今さらそんなに急ぐつもりはありませんから」

柊と笹島茉莉が事務的な会話をしている傍《かたわ》らで、由貴は沈黙しながらも嫌《いや》な予感に襲われていた。

――ホストクラブに潜入って、いったい『誰』が潜入するんだ？

基本的に、柊の道楽で成り立っているこの仕事は、彼がやる気になればどんな些細《ささい》な仕事でも引き受けるし、逆に彼が気に入らなければ、どんなに高額報酬が約束された仕事でも引き受けないアトランダムなものなのである。

柊曰《いわ》く、大事なのは『面白《おもしろ》いか面白くないか』のどちらかなのだった……。

「それでは、残りの費用は調査終了後に、必要経費を清算して請求します。それほど、高額にはなりませんから、ご心配には及びませんよ」

ニッコリと、どこか胡散臭《うさんくさ》い笑顔《えがお》で依頼人《いらいにん》に微笑《ほほえ》みかけると、柊は「さて……」とその胡散臭い笑顔のままで傍らで黙って座《すわ》っていた由貴のことを手招きした。

「その結婚詐欺師《けっこんさぎし》もどきの、写真は持ってきてますか？」

「あ、はい。何枚か用意してきました」

柊の言葉に彼女は、慌《あわ》ててハンドバッグの中から写真を数枚取り出し、目の前のテーブルの上へ並べてみせた。

「ふーん、なんだ。どんな色男かと楽しみにしてたのに、十人並みじゃないか。これじゃあ、俺のほうが確実に勝ってるな」

「……慶二郎、おい」

いくら騙《だま》されたとはいえ、好きだった男をけなされては彼女も気分が悪かろうと、慌《あわ》てて由貴は友人を咎《とが》めたが、意に反して彼女は怒るどころか、おかしそうに「うふふ」と小さな声で笑ったのだった。

「ええ、今なら本当にそう思います。あの頃は世界じゅうで一番素敵《すてき》な人だと思ってたけれど、こうして見てみるとちょっとカッコいい程度だったんだなって……。お二人のほうが、ずっとハンサムで素敵です」

それまでは、やつれていたせいか実年齢よりはるかに老《ふ》けて見えた彼女が、笑った途端に年相応の女性の顔になるのに、由貴は内心で感心した。

――なんだかんだ言っても、女性とは強い生き物だ……。

「そうでしょうとも、よく言われますからね。あ、ちなみにこいつは、顔はいいけど中身はとんだ朴念仁《ぼくねんじん》ですけどね」

「……ほっといてくれ」

じつを言えば、由貴はあまり自分の顔が好きではない。

この綺麗《きれい》な顔に見合うだけ性格も軽ければ、もう少し人生を楽しめたかもしれなかったが、根が生真面目《きまじめ》なので逆に優れた容姿が彼にとっては重荷になっていた。

自分の外見だけにつられて寄ってくるような相手にはうんざりしていたし、それと同じくらい、彼の外見と中身のギャップについていけずに離れていった相手の存在には傷ついてきたのだった。

「まぁまぁ、とりあえずは、この写真はおまえに預けておく」

「なぜだ?」

「そりゃあ、ホストクラブに潜入《せんにゅう》するのは、おまえの仕事だからだ」

あっさりと断言されて、ああ、やっぱりとガックリと由貴は肩を落とした。

「心配するな。おまえなら、すぐに売れっ子になれるぞ」

バンバンと明るく柊に肩を叩《たた》かれがっかりしながらも、由貴は二人のやり取りに少し驚いたような表情をしている彼女に向かって、「誠心誠意、頑張《がんば》らせていただきます……」と不本意ながら呟《つぶや》いたのだった。

そしてその翌日、由貴はさっそく『シャドームーン』のドアをくぐったのである。

「ごめんね、由貴さん。もしかして、待たせちゃったかな?」

黒いカシミアのロングコートをひらめかせながら駆け寄って来た長身の青年が、申し訳なさそうに謝るのに、由貴は少しばかり照れくさい気持ちになりながらも首を左右に振った。

「……いや、俺も今来たところだから……」

——なんかこの会話、デートっぽくないか……？

ついつい馬鹿《ばか》なことを考えてしまい、一人で頰《ほお》を紅《あか》く染めてると、それを別の意味に勘《かん》違《ちが》いしたらしい金光が「寒いの？」と言いながら、心配そうな黒い瞳《ひとみ》で由貴の顔を覗《のぞ》き込《こ》んできた。

今日の金光は、カシミアのコートの下に、ざっくりとしたモスグリーンのセーターとブラックジーンズ、そしてカシミアの白いマフラーと、けっこうラフな格好《かっこう》である。手脚《てあし》が長くてプロポーションがいいから、フォーマルな格好だけじゃなく、こういうラフな姿もよく似合うと、普段の金光がこれ以上にラフで見かけに頓着《とんちゃく》しないことを知らない由貴は、無意識になんだかうっとりと年下の青年に見惚《みほ》れてしまっていた。

が、突然首に柔らかな感触を感じて我に返る。

「え、何……？」

「寒いんでしょ。店まで、それしてくといいよ。俺のぬくもりつき」

屈託《くったく》なく笑いながら金光が由貴の首に巻いてくれたのは、彼がしていた白いマフラーだった。

「……でも、そうしたら、きみが寒いんじゃ……？」

「平気、平気。俺、馬鹿《ばか》だから風邪《かぜ》ひかないし」

まぁ、一度肺炎で死にかけたことはあるけどねと、内心で金光が付け加えたことを、由貴はもちろん知らない……。

「……ありがとう」

確かに暖かいと、嬉《うれ》しそうに小さく笑って金光を見上げると、年下の青年は眩《まぶ》しげに切れ長の目を眇《すが》めて由貴のことを凝視《ぎょうし》していた。

「……なんだ？　何か、おかしいか？」

真《ま》っ直《す》ぐな眼差《まなざ》しに見つめられて落ち着かなくなり、由貴は困惑《こんわく》したように小首を傾《かし》げた。

「いや、今日は普通の由貴さんなんだなと思って」

「あ……。昨日は、その、すまなかった……。驚いただろ？」

自分でも、おかしいとは思ってるのだ。

三年前に、以前自分が逮捕した薬物中毒者に逆恨《さかうら》みされて襲われ、由貴は金属バットで背後から後頭部を思い切り殴《なぐ》られた。

その直後に金光が犯人をぶっ飛ばしてくれたおかげで、殴られたのは一度きりですんだのだが、運の悪いことには、どうやら殴られどころがまずかったらしく、由貴は記憶障《きおくしょう》害《がい》を引き起こしてしまったのである。

そして、日にちが経《た》つにつれて、記憶《きおく》障害のほかにもう一つ、ある症状が由貴の上に起こっていることがわかった。

それが、多重人格症、いわゆる二重人格なのである。

重度の多重人格症の場合は、片方の人格が表に出ているあいだの記憶を、もう一つの人格は覚えていないこともあるらしかったが、不幸中の幸いか、由貴はどちらの人格の記憶も忘れずに覚えていた。

ほかにも、たいがいの多重人格症の場合、普段は抑制《よくせい》されている負の感情が著しく表に出る場合が多いのに対して、由貴のそれは、普段よりも少しばかり（？）無邪気《むじゃき》で活発になるくらいで、さほどの大きな違いはない。

だからこそ、これまでどうにか人並みの生活を送ってくることができたのである。

しかし、刑事になってからの記憶がまるまる抜け落ちているだけならまだしも、多重人格症まで併発していることがはっきりとわかった時点で、さすがに由貴はこのまま刑事を続けていいものか迷った。

市民の安全を守る警察官が、記憶喪失で多重人格症ではシャレにならない。

結局、本庁から所轄《しょかつ》勤務に異動して、半年もしないで由貴は刑事としての自分自身を見限ったのである。

まさか、柊まで一緒《いっしょ》に警察を辞《や》めてしまうとは思っていなかったが、それなりに毎日が楽しげな今の柊の姿を見ていると、彼に対する罪悪感もすぐに薄れてしまった。

——羨《うらや》ましいくらい、前向きな男だからな、あいつは……。

見習わなくてはと、本当はいつも思っているのだ。

柊を喜ばせるのが悔しいから、絶対に口には出さないけれど……。

「ねぇ、由貴さん」

なんとなく、自分の異常な今の状態を憂《うれ》えていた由貴に向かって、金光が明るい声で話しかけてくる。

顔を上げると、全開の笑顔《えがお》で「大丈夫」と言われて目を丸くする。

「え、何が？」

「だから、ちゃんとそのうち元に戻りますって。記憶《きおく》だって取り戻します。だから、そんな哀《かな》しそうな顔しないで、今の状況を少しでも楽しむ方法を探しましょうよ。ちなみに、俺は由貴さんなら、どんな由貴さんでも好きですよ」

あまりにも屈託《くったく》のない告白に、由貴は呆然《ぼうぜん》と目の前の青年の顔を凝視《ぎょうし》してしまった。

「えっと、俺なんかに好かれても、あんまり嬉《うれ》しくないとは思いますけどね」

由貴の視線があまりにも真っ直《まっす》ぐだったせいか、さすがに恥ずかしげに顔を俯《うつむ》けて頭をかく金光に、由貴は色素の薄い長い睫毛《まつげ》をパチパチと何度か瞬《またた》かせた。

他人から好意を寄せられたことは、もちろんこれが初めてではないけれど、こんなふうにストレートに『好き』と言われたのは、さすがに初めての経験かもしれなかった。

「……昨日も訊《き》こうと思ったけど、どうして、そんなに俺に優しくしてくれるんだ？　俺に補導されたことがあるって、きみは言ってたけど……」

金光は、由貴の質問に少し考えこむように首を傾《かし》げたが、すぐに真顔になると「それじゃあ、それは歩きながら話しましょうか」と言って由貴を促した。

初出勤、一人じゃ心細いでしょうといって、待ち合わせて一緒《いっしょ》に行こうと言ってくれたのは金光のほうだった。

そのうえ、由貴が探偵《たんてい》としての調査のために店に潜入《せんにゅう》したのだと知った金光は、本当は週に三日のバイトを、由貴の調査期間である一か月間だけは常勤でつきあうとまで言ってくれたのである。

いくらなんでもそこまでしてもらったら申し訳ないと一度は辞退した由貴だったが、金光が明るく「俺が好きでやってるんだから気にしないで」と笑うから、結局彼の好意に甘えることにしたのだった。

さすがにこれについては、柊に知られたら何を言われるかわかったものではなかったので、黙っていることに決めたのである。

「俺さ、じつは高校の時に、一年ダブってるんだ」

「え？」

いきなり穏やかな口調で話しだした金光の話の内容が意外なものだったので、由貴は面《めん》食《く》らったような表情で横を歩く青年の顔を見上げた。

「似合わないくせに、けっこう無茶してた時期があってね。高二の時に、他校の生徒と喧《けん》嘩《か》して、ナイフで腹を刺されてさ……。出血多量で死にかかって、昏睡《こんすい》状態で三日間生死の境を彷徨《さまよ》った。まぁ、結局死ねなかったけどね」

「章弘……？」

遠くを見つめるような眼差《まなざ》しで淡々と語られた台詞《せりふ》は、確かに目の前の快活な青年には似合わないような内容だった。

「……その喧嘩の時だよ。俺が、初めて由貴さんと会ったのって」

漆黒《しっこく》の深い色合いの瞳《ひとみ》が、静かに自分を振り向く。

「ほかの警官が、喧嘩の相手や経緯ばかり気にしてる中で、由貴さんだけは俺の怪我《けが》のことを心配してくれた。辛《つら》かったら、自分に寄りかかってもいいからって言って、俺のことを抱き締めてくれた」

由貴は忘れてしまったから、それは金光だけの『記憶《きおく》』……。

——なんで、俺は忘れてしまったんだろうか？

すごく嬉《うれ》しかったんだと微笑《ほほえ》む相手に、胸が締め付けられるように痛くなった。

「ちょっといろいろあって、退院するのにはずいぶんかかっちゃってね。それで、留年決まっちゃったんだ。俺が昏睡《こんすい》状態の時に、由貴さん、一度お見舞いに来てくれたらしいんだけど、俺、意識なかったから覚えてなくてさ。退院してから、お礼言いたくて警視庁《けいしちょう》まで会いに行ったけど、勇気なくて結局会えなかった」

一瞬《いっしゅん》、少しだけ苦いものを含む声音で、けれど瞳《ひとみ》は穏やかに微笑《ほほえ》んでいるから、由貴は金光が何を考えているのかわからなくなる。

快活で屈託《くったく》がないだけの青年ではないのかと、もしかすると彼にも自分と同じような二面性や陰があるのかと思った瞬間、そんな一面も知りたいと自分でも驚くほど切実に由貴は思ったのだった。

——会ったばかりの、それも年下の同性に何を考えてるんだ、俺は？

金光は、怪我《けが》をしていた時に自分に優しくされてすごく嬉《うれ》しかったのだと言っていたが、おそらく自分もそれと同じ気持ちなのだろうと思った。

ずっと、捜していた命の恩人に、ようやく会えたから嬉しかったのだ。

きっと、たぶん、否《いな》、絶対に……！

しかし、由貴が女なら、自分を助けてくれた運命の王子様との劇的再会と、ドラマチックな展開も期待できたかもしれないが、男同士ではいかんともしがたかった。

「その後も、何度か由貴さんが仕事してるのを遠目に見にいったことあるよ。いつも真剣な顔で一生懸命事件を追ってて、カッコいいと思ってた……。あ、ごめんね。これじゃあ、なんだかストーカーみたいで気持ち悪いよね」

慌《あわ》てたように謝る金光に、由貴は「そんなことない」と言って首を振った。

確かに、一方的に執拗《しつよう》に追いまわされて好意を押し付けられるのは困るが、ただ遠くから見ていただけの相手を非難する気にはなれない。

それどころか、そんなふうに金光に見守られていたのかと思うと、なんとなく嬉《うれ》しかった。

「あ、もしかして、俺を助けてくれた日も、俺のこと遠くから見てたのか？」

不意にわいた疑問をそのままストレートに口に出すと、金光はわずかに困ったように頬《ほお》を染めた。

どうやら、図星だったらしい。

「……由貴さんのこと襲った奴《やつ》だけど、俺、その日の昼間にも一度見かけてるんだ。一目でかなり重度の薬物中毒者だってわかったし、由貴さんのこと変な目つきで見てたから気になってた。本当は、その場で警察に通報しようか迷ったんだけど、そいつ、すぐにどっか行っちゃったから、結局そのままほっといた。

まさか、あんなことになるなんて思わなかったから、あの後、もうむちゃくちゃ後悔したよ。俺が、早目に警察に通報してたら、由貴さん、あんなヒドイ目にあわなかったのにって……。ごめんね。きっと、半分は俺のせいかもしれない……」

悔しげに唇《くちびる》を噛《か》む相手に、由貴は咄嗟《とっさ》に「そんなことはない！」と叫《さけ》んでいた。

思いのほか大きな声が出てしまったせいで、すれ違った通行人が不審《ふしん》そうに振り返っていく。

しかし、由貴はそんなことにもまったく気づかずに、自分の剣幕《けんまく》に通行人以上に驚いた顔をしている金光に向かって、「きみにはなんの責任もない」と真剣に訴えたのだった。

「……それどころか、きみがいなかったら、俺は今この場にはいないよ」

命を救ってくれたことを、心の底から感謝しているのだと、由貴は瞬《まばた》きも忘れて自分を見つめている金光へと囁《ささや》いたのだった。

「そんなふうに思ってくれて、ありがとう。ちょっとホッとしたかな……」

安堵《あんど》の溜《た》め息《いき》をつく金光に、由貴もホッとしたように微笑《ほほえ》む。

「よかった、章弘に会えて」

「え？」

由貴の言葉に目を丸くする金光に、由貴は彼が首に巻いてくれたふかふかのマフラーに顔を埋《うず》めるようにして呟《つぶや》いた。

「俺を助けてくれたのが、章弘でよかった」

さすがに少々照れくさくて、チラリと上目遣《うわめづか》いで相手の顔色を窺《うかが》えば、なぜか由貴の命の恩人である青年は、端正《たんせい》な顔に難しい表情を浮かべて唸《うな》っていた。

「……うーん、まいった。どうしようかなぁ、もう……」

そのうえ、なんだか意味不明の言葉まで呟《つぶや》いている。

「章弘……?」

「あ、ごめんね。こっちの台詞《せりふ》だから気にしないで。俺、今ちょっと、自分の理性と忍耐と闘ってるところなんだ」

——理性と忍耐? なんのことだろうか?

意味がわからずに不思議そうな表情で首を捻《ひね》る由貴に、金光は「いや、本当に気にしなくていいから」と慌《あわ》てて笑顔《えがお》を向けた。

今度の笑顔が何かをごまかすためのものなことくらい、いくら由貴が鈍くてもわかる。

わかったけれど、「ひゃー、まいった。心臓に悪い……」と呟きながら、ガシガシと照れたように頭をかいている金光の横顔が子供のようだったので、今回だけは追及しないでおいてやろうという寛大な気持ちになった。

後日、この時の金光が何を焦《あせ》っていたのか理由を知った由貴は、顔を真っ赤にして怒ることになるのだが、それはあくまでも後日の話となる。

由貴が、自分にはどう考えてもホストの仕事は向いてないらしいと知るのには、一週間も必要なかった。

「大丈夫、由貴さん？」

「……まぁ、なんとかな」

これで金光がさりげなくフォローしてくれていなかったら、もしかしたら初日で音を上げていたかもしれないと、由貴は何もないはずの宙に思わず視線を彷徨《さまよ》わせながら考える。

――接客業の人たちって、偉いよな。俺は尊敬するよ。

この店で働くようになって、もうじき二週間になろうとしていたが、由貴はなかなか仕事に慣れることができなかった。

どんな客に対しても笑顔《えがお》を絶やさずに接客し、場が白けないように、けれどあくまでも上品に巧《たく》みな話術で客を盛り上げる。

見栄《みば》えがいいだけでは、とてもではないが渡れない世界なのである。

由貴は新人なので、今のところは教育担当の金光について客の相手をしているのだが、それだけでも充分に大変だった。

銀座の一等地に店を構えるだけあって、それほどとんでもない客はいないのだが、自分の母親くらいの年齢のご婦人に、「まぁ、可愛《かわい》いわねぇ」と言われては顔を撫《な》でまわされ、同じ銀座のホステスたちには、「けっこう初心《うぶ》なのね」と笑われて、高飛車《たかびしゃ》な金持ちの娘には下僕《げぼく》のようにこき使われる。

もともとそう愛想《あいそ》のいいほうではない由貴としては、かなり毎日が苦痛と疲労の連続だった。

なのに、こんな仕事を、自分よりも六つも年下の金光がそつなく楽しげにこなしているのだから、本気で驚かされる。

「慣れれば、けっこう楽しいんだけどね」

感心する由貴に、金光は肩を竦《すく》めて苦笑した。

「だけど、嘘《うそ》ばっかり上手《うま》くなる気がするから、あんまりいい仕事ではないかもね」

だから、由貴さんはそのままでいいんだよと、金光はいつもの屈託《くったく》のない穏やかな笑顔《えがお》で続けたのだった。

「だって、嘘の上手な由貴さんなんて、由貴さんじゃないもん」

よくわからない理屈《りくつ》だったが、金光がそう言うならそうなんだろうと、いつの間にかすっかりこの六つも年下の青年に頭の中を侵食《しんしょく》されている由貴は納得したのだった。

「いや、見ていて羨《うらや》ましくなるくらい仲良しさんだね」

カウンターで、客が途切れた合間に金光に「少し休んでていいよ」と言われて休憩していた由貴だったが、不意に頭上から聞こえてきた低い美声に驚いて顔を上げた。

「あ、トオルさん……」

この店の長年の顔であり、不動のNo.1でもあるトオルは、健康的に日に焼けたハンサムな顔に柔和な笑《え》みを浮かべて、由貴の隣《となり》のスツールへ腰をかけた。

「前から気になってたんだけど、きみと章弘とは、以前からの知り合いか何かなのかな？」

バーテンにバーボンを頼《たの》んだトオルに、きみは飲まないのか？　と尋《たず》ねられたが、それには申し訳なさそうに首を振る。

けして酒に弱いわけではなかったが、あまり飲みすぎると精神のたがが緩《ゆる》んで人格が変わる可能性が高くなるので、由貴は普段から酒量には気をつけるようにしていた。

法則性がはっきりしているわけではなかったが、どちらかというと、由貴の感情が大きく動いたり、精神的に隙《すき》ができたりすると人格が変わりやすいらしかった。

「で、章弘とはどうなの？」

べつにわざとうやむやにしていたわけではなかったが、重ねて問われて少しだけ躊躇《ちゅうちょ》する。

それでも、根気よく自分の答えを待っている相手の様子に、由貴は仕方なく口を開いたのだった。

「いちおう、知り合いでした」

「……いちおう？」

「はい、いちおう」

　まさか、自分には金光と出会った時の記憶《きおく》がないのだと言うわけにもいかなくて、由貴は結局曖昧《あいまい》に口を濁《にご》してしまった。

「ふーん、もしかしてちょっとわけありなのかな？」

「……そうですね。そう思ってくれてもいいです」

　バイトの身分でありながらこの店のNo.2の金光は、これまでどんなに叔母《おば》である妙子に頼《たの》まれても、週に三日のバイトのペースを崩さなかったらしい。

　それが、由貴が店に入ってから突然常勤に切り替えたので、ほかのホストたちが驚いているらしいことは、なんとなく由貴の耳にも入ってきていた。

　それに金光は、文字どおり由貴にべったりだったので、変な噂《うわさ》が立つのも時間の問題だと、由貴自身でさえも思っていたところだった。

　実際、トオル以外にも同様の質問を由貴に投げつけたホストは何人かいる。

「何かに入れ込んでる章弘なんて、滅多《めった》に見られないから俺としては面白《おもしろ》いけど。あいつが毎日出てくるとなると、やっぱり顧客が動くから、俺も少しは本腰入れて頑張《がんば》らないといけないかな」

　表情も口調も、台詞《せりふ》の内容のわりにはずいぶんと軽いもので、どうやらトオルがこの現状を楽しんでいるらしいことは、由貴にでもわかった。

「そのわりには楽しそうですね」

「そりゃあね。やっぱり、どんな仕事でも、ライバルがいるほうが燃えるでしょ」

ニヤリと不敵に笑って手の中のグラスを飲み干すこの店の帝王は、どことなく雰囲気《ふんいき》が金光と似ているような気がして、由貴はけっこう彼のことが好きだったりする。

「でも、仕事だけじゃなくて、こっちのほうでもライバルになってもいいって言ったら、章弘の奴《やつ》どんな顔するかな？」

「……え？」

スルリと伸びてきた長い指先に頬《ほお》を撫《な》でられて、驚いて目を瞠《みは》ったところで、頬に戯《たわむ》れるようにキスをされた。

「あっ、トオルさん、由貴さんになんてことするんだよ！」

ちょうど客を玄関先まで送り出してきた帰りらしい金光が、血相を変えて飛んでくるのにトオルは愉快《ゆかい》そうにアハハと声をあげて笑った。

どうやら、金光がこちらに来るのを見計らっての確信犯だったらしい。

「妬《や》くな若造《わかぞう》、ちょっと味見しただけだ」

「由貴さんは、デパートの地下の試食コーナーじゃありません！」

「……なかなか、面白《おもしろ》いこと言うじゃないか」

これまたアハハとおかしそうに笑って立ち上がると、トオルは「じゃあな、たまには俺にもつきあえよ」と由貴の肩をポンと軽く叩《たた》いて、颯爽《さっそう》とフロアの中央へと歩いていってしまったのだった。

——カッコいいのに、あの人もちょっと変わっているようだ。

ホストとは、けっこう愉快《ゆかい》な人材が豊富らしいと、由貴が何やら勘違《かんちが》いをしている横に、トオルと入れかわるようにして金光があからさまに不機嫌な様子で腰かけた。

「由貴さんは、もう少し危機感とか持ったほうがいいと思うよ」

普段は穏やかで快活な金光が、形のいい眉《まゆ》を寄せて拗《す》ねた口調でそんなことを言うの

に、由貴は不思議そうに首を傾《かし》げる。

確かに、いきなりトオルに頬《ほお》にキスをされた時は驚いたが、あんなものは少々質《たち》の悪い

冗談《じょうだん》だろうとしか由貴は思っていなかった。

だから、次の金光の声をひそめるような囁《ささや》きの内容には、思わずギョッとしてしまった

由貴だった。

「……言っとくけど、トオルさんはバイだからね。冗談じゃなくて、本気で由貴さんのこ

と狙《ねら》ってるんだと思うよ」

「え、ホストなのに……？」

由貴の間の抜けた質問に、金光の眉間《みけん》の皺《しわ》はますます深くなった。

「この業界ってね、意外とバイやゲイの人が多いんだよ。そのほうが、女の人に優しくす

るのもご機嫌《きげん》を取るのも、仕事だからって割り切ることができるからね。本当の女好きには向かない商売なんだよ。だって、いちいちお客さんと恋に落ちてたら、仕事にならないじゃない」

そうだったのかと、まるで目からウロコが落ちたような気分で、由貴はパチパチと大きく瞬《まばた》きした。

「もう一ついでに教えてあげると、うちのホストの中にも、トオルさん以外に何人かそっちの趣味《しゅみ》の人いるよ。俺が、いつも由貴さんにくっついてるのは、そっちの予防もあるの。由貴さんのことだから、どうせ気づいてなかったとは思うけどさ……」

疲れたように溜《た》め息《いき》をつく金光に、彼の言葉どおりまったく気づいていなかった由貴は、申し訳なさそうに眉《まゆ》の端《はし》を下げた。

「……すまない。気を遣《つか》わせて……」

てっきりホストという人種は、『マサヤ』のように女好きで女を食い物にするような男が多いものだとばかり思っていた……。

とてもじゃないが、元刑事とは思えないような単純な思考回路である。

「そう思うんなら、もう二度と俺以外の奴《やつ》に気安く触らせたりしないでね」

何やら気迫を込めて見つめられて、迫力に圧《お》されて「わかった」と頷《うなず》いてはみたものの、なんとなく引っかかるものを感じて由貴は首を傾《かし》げた。

──ん？　俺以外の奴《やつ》って、言ったか……？

「由貴さん、絶対にわかってないでしょ」

「え、何が？」

「もう、いいよ。俺、先にフロアに戻ってるから、由貴さんももう少ししたら来てよね」

何か、自分は彼を怒らせるようなことをしてしまったのだろうか？

いつにない素っ気なさで立ち上がると、金光は由貴のことを一瞥《いちべつ》もしないでフロアへと戻っていってしまった。

「ふーん、なんだよ痴話喧嘩《ちわげんか》かぁ？」

心許《こころもと》ない気持ちで金光の後ろ姿を見送っていると、やはりお客を玄関まで送ってきた帰りらしい『マサヤ』に声をかけられた。

反射的に眉《まゆ》を顰《ひそ》めて、由貴は「きみには関係ない」と、自分をこの店に潜入《せんにゅう》させた張本人から視線を逸《そ》らした。

この二週間ではっきりしたことは、相手が調査対象だからという以前に、この『マサヤ』というホストはあまり関《かか》わり合《あ》いを持ちたくないタイプの人間だということだった。

外見は確かにそこそこだったが、トオルや金光から比べれば格段にランクは落ちるくせにプライドだけは高そうで、そのうえ女性を金づるとしか考えていないような腐《くさ》った思考が、その言動の端々《はしばし》から窺《うかが》えるから腹が立つ。

案の定、笹島茉莉以外にも、何人かの女性からお金を騙《だま》し取《と》っていたことは、この二週間の調査でもはや確実なものとなりつつあった。

——どうして、こんな最低最悪な男に騙されるんだろうか？

自分が女なら、まず間違いなく大きく避けて歩くタイプなのにと、調査を進めれば進めるほど思わずにはいられない由貴であった。

それ以外にも、金光のことを目の敵《かたき》にしているせいか、彼と仲のいい由貴に対しても当然のように、意地の悪い態度で接してくるので、由貴の『マサヤ』に対する好感度は下がる一方だった。

「お高くとまってんじゃねぇよ、オカマ野郎が」

あきらかに由貴を不快にさせるために囁《ささや》かれた下卑《げび》た言葉に、金光に取り残されてちょうど気分の悪かった由貴の堪忍袋《かんにんぶくろ》の緒《お》が、頭の中でパチンと切れる音がした。

「口を慎《つつし》め、この下衆野郎《げすやろう》」

グイッと片手で胸倉を摑《つか》んで引き寄せ、至近距離で相手の顔を怜悧《れいり》な瞳《ひとみ》で睨《にら》みつけると、低く恫喝《どうかつ》するように囁いてやる。

いくら記憶《きおく》をなくしたといっても、これでも由貴は元刑事だった。

武道だって、ひととおりはなんでもこなす。

この程度の相手なら、余裕で勝てる自信があった。

「な、なん、なんなんだよ……」

由貴の綺麗《きれい》な外見に油断していたらしい『マサヤ』が、あわあわと怯《おび》えた表情になるのを侮蔑《ぶべつ》するように一瞥《いちべつ》すると、由貴は男の胸倉から手を放して、後はいっさいの興味を失ったようにそのままフロアへと歩き去ったのだった。

――くそっ、ムカムカする。飲んでやる。今夜は、絶対に飲んでやるからな。

後でどうなろうと、もう知ったことか！

次の日の朝には、早々にこの後の己の言動を後悔することになるのだが、もちろんこの時の由貴にはそれを知るすべはなかった。


「由貴さん、大丈夫？　もう、由貴さんったら、俺の声聞こえてる？」

優しく肩を揺さぶられて、霞《かす》みがかった頭の中と視界の両方に閉口しながらも、どうにか目を開く。

「あ、よかった。目が覚めた？」

ホッとしたように上から覗《のぞ》き込《こ》んでくる相手に、「ここ……？」と単語だけで問いかける。

「俺の部屋だよ。由貴さん、あれから酔いつぶれちゃったの覚えてる？　最後の接客終わってから、更衣室で倒れるように眠っちゃったんだよ。もう、最初はどこか具合悪かったのかって本気で心配したんだからね」

慌《あわ》てて走り寄ったら、寝息たててるんだもん、がっくりしちゃったよ俺……。

長い指先が、由貴のサラサラの髪の毛を、生《は》え際《ぎわ》から梳《す》くようにして撫《な》でてくれる感触が気持ちよくて、思わず猫《ねこ》のように目を細めてしまう。

「まさかそのままにしとくわけにもいかないし、由貴さんの家の場所も知らないから、俺のマンションに連れてきちゃった。このまま眠るより、いったんシャワー浴びて着替えたほうが気持ちいいと思うよ」

すでに自分のほうは室内着に着替えたらしい金光が、頭の上でおかしそうに笑っているのをぼんやりと眺《なが》めながらも、由貴はとりあえずは起き上がろうと、おぼつかなくも半身を起こす努力をした。

「あ、急に起き上がって大丈夫?」

すぐに伸びてきた存外ガッチリとした両腕に支えられて起き上がった由貴は、そこで初めて自分が見知らぬベッドの上に寝かされていることに気がついた。

「……ここ、おまえのベッド……?」

そのわりには、あまり普段は使用されていないような生活感のない空気が部屋の中には漂っている気がする。

案の定、金光はわずかに苦笑するような表情で、首を左右に振った。

「違うよ、ここは客室。まっ、滅多《めった》に使わないけどね。俺の寝室は、ここの隣《となり》だよ」

客室なんていうものがあるような家なのか……。

無意識に、金光の腕の中にもたれかかるようにしながら、由貴は心の中で漠然《ばくぜん》とそんなことを考えていた。

が、途中で、「ん？」とあることに気がつく。

「……あ、お母さんは？」

「いないよ。このマンションで暮らしてるのは俺だけだからね……」

母子家庭で苦労しているはずなのに、息子をマンションで一人暮らしさせているなんて偉いお母さんなんだなぁと、心の中で思ったつもりが、どうやら口に出してしまっていたらしく、金光の表情が自嘲《じちょう》するようなそれへと変わった。

「ごめんね、母子家庭でお金に困ってるっていうのは嘘《うそ》なんだ。あ、表向き母子家庭なのは本当だけどね」

意味がわからないと顔を顰《しか》めると、金光はふっと真剣な眼差《まなざ》しになって口を開いた。

「……由貴さん、山縣剛三《やまがたごうぞう》って名前知ってる？」

「山縣？　今の厚生大臣の……？」

精悍《せいかん》な風貌《ふうぼう》の鷹《たか》派《は》で有名な政治家で、厚生大臣の前には文部大臣も務めたことがあるような与党の大物である。

それがどうしたのかと視線を上げると、思いのほか間近にあった黒い瞳《ひとみ》が優しく微笑《ほほえ》みながら「俺の父親だよ」と囁《ささや》いたのだった。

「……え……」

「まぁ、ようするに俺は妾《めかけ》の子供ってやつだよ。しかも、認知されたのはつい最近なんだけどね。でも、生活費と養育費だけは昔からかなりの金額貰《もら》ってたみたいだから、お金に苦労したことだけはないよ」

――そのかわり、愛情には飢《う》えてるけどね。

最後にふざけたように付け加えた一言が、金光の本音であることくらい、いくら由貴が鈍くて、さらには今現在まだすっかりと酔いの抜けてない頭でもわかることだった。

「おまえ、そんな顔するなよぉ」

俺まで哀《かな》しくなるだろうと、黒い髪を引き寄せるようにして胸に抱え込むと、金光は驚いたように息を呑《の》んで「あれ？」と呟《つぶや》いた。

「俺としては、この体勢はすごく嬉《うれ》しいんだけど、由貴さんもしかして、もう一人の『由貴さん』のままだったりする？」

「なんだよ、どんな俺でも俺だって言ってたんじゃないのかよ？」

ギュウッと腕の中の身体《からだ》に、抱き締めるというよりもしがみつきながら、拗《す》ねたように唇《くちびる》を尖《とが》らせると、慌《あわ》てたように「あ、もちろん、どっちも好きだよ」と由貴を甘やかすような言葉が返ってくる。

本当は、とっくに人格は普段の自分に戻っていたのだけれど……。

金光が勘違《かんちが》いしているから、酔った勢いもあって由貴は人格が変わっているふりを続けたのだった。

人格が交代したのは、最後に接待についた客との席上で、酒豪《しゅごう》を誇る銀座のホステスのお姉さんたちと飲みくらべをしていた時だった。

金光が止めようとするのを無視して、半ばやけくそで勝負を受け入れ、彼女たちに「顔に似合わず、なかなかやるじゃない」と素直《すなお》に喜んでいいのかわからないような賞賛をあびて、とりあえずは席を盛り上げた。

その途中で、アルコールでほどよく気持ちが良くなり人格交代をしてしまったらしかったが、事情を知らない者から見れば、酔ってハイになっているようにしか見えないことが不幸中の幸いだった。

だが、酔いもそこそこに醒《さ》めて、少し眠ったせいか、目覚めた時には由貴は元に戻っていた。

「章弘、おまえはイイ奴《やつ》だから、愛情に飢《う》えてるんなら俺がその飢えを満たしてやってもいいぞ」

「……由貴さん、その申し出はすごく嬉《うれ》しいけど、ちゃんと意味わかって言ってるの？」

由貴の背中に回っていた金光の腕の力が強まり、ゆっくりと身体《からだ》を起こして自分の瞳《ひとみ》の中を覗《のぞ》き込《こ》んでくる相手の黒い瞳の中に、チラリと獰猛《どうもう》な光が見え隠れするのがわかったが、由貴は「うん、わかってる」と子供のように頷《うなず》いた。

「嘘《うそ》つき……。俺の境遇が可哀相《かわいそう》だから、同情してるだけでしょ？」

「……同情じゃないもん。おまえ優しいし、カッコいいし、ちゃんと俺のことも理解してくれてるし、好きになったって不思議じゃないだろ……」

さっきだって本当は、おまえに素っ気なくされて傷ついて、やけになってお酒を飲んだのだと告白すると、至近距離にあった金光の漆黒《しっこく》の瞳は驚いたように大きく見開いた。

今の自分は、素直《すなお》で無邪気《むじゃき》な『由貴』のほうだということになっているから、普段なら絶対に言えないこんな台詞《せりふ》も言えてしまう。

「煽《あお》んないでよ。俺、若いんだから、そんなに我慢強くないんだよ」

酔っ払って馬鹿《ばか》になってる人に、つけいるような真似《まね》をさせないでと、情けないような顔で哀願されたが、こうなると由貴のほうもなんだか意地になってしまっていた。

――なんだよ、俺に気があるような態度取ってたくせに、いざ俺のほうが積極的になったら嫌《いや》だってのかよ。

そんなに俺には魅力《みりょく》がないのかと、やはりかなり酔っているらしい頭の隅《すみ》で理不尽《りふじん》な怒りを覚える。

「……そうかよ。おまえ、結局は俺のことをからかってただけなんだな……。おまえにチヤホヤされて、その気になってる俺のことを、陰で馬鹿《ばか》な奴《やつ》だって笑ってたんだろ。そうだ、そうに決まってる！　だからホストなんてやってる奴は信じられないんだ！」

もはやメチャクチャな理論でそう怒鳴《どな》ると、由貴は金光の腕を振り払って、ベッドから下りようとした。

「ちょ、由貴さん、どこ行くつもり？」

「帰るに決まってるだろ！　おまえは、俺なんていらないみたいだからさ！　あ、そうだ、トオルさんのとこにでも行っちゃおうかなぁ。あの人、俺に気があるみたいだしさ」

どうやら、酔っ払っているとか人格が変わってるふりをしているとかいう以前に、この時の由貴は正気ではなかったらしかった……。

ついでに言うと、由貴ほどではないにしろ、彼とホステスのお姉さんたちとの飲みくらべの場に同席していた金光のほうも、やっぱりこの時かなりの酒量で、それほど正気とは言えない状態だったのである。

だから普段よりも、金光の理性の壁は脆《もろ》かったのだった。

「そんなこと、俺が許すとでも思ってるの？」

乱暴に腕を引き寄せると、そのまま組み伏せるようにして由貴の細い身体《からだ》をベッドの上へと押し付ける。

「トオルさんのところになんて、俺が由貴さんを行かせるわけないだろ」

だったらと、甘えるように両手を伸ばすと、悔しげな顔をしながらも、年下の青年は由貴のもとへと墜《お》ちてきたのだった。

「……責任とってくれるんだよね？」

至近距離で憤《いきどお》ったように囁《ささや》く相手に、長い睫毛《まつげ》を伏せてキスをねだると、唇《くちびる》よりも先に薄く静脈の透けて見える瞼《まぶた》の上を舐《な》められて驚く。

「……なんだよ？」

「初めて会った時から、なんて舐めたら甘そうな瞳《ひとみ》をしているんだろうと思ってた。さすがに目の玉を舐めたら嫌《いや》がると思うから、瞼の上で許してあげる」

——おまえ、それってちょっと変態くさいよ……。

不満げに唇を尖《とが》らせると、心配しなくてもちゃんと唇にもしてあげると、不敵に笑《え》んだ顔が近づいてきて唇を塞《ふさ》がれた。

ゆっくりと、感触を楽しむかのように舌で何度も唇を舐められた。

先に焦《じ》れたのは由貴のほうで、自分から唇を開いて己の舌を差し出すと、微《かす》かに笑いながら口腔《こうこう》の中に熱い気息ごと金光の舌が忍び込んでくる。

甘いねと、囁きながら舌を絡《から》ませて、器用な指先が自分の服を一枚一枚剝《は》いでいく気配に、少しだけ怯《おび》えて背中に回した腕の力を強くする。

「俺の飢《う》えを、由貴さんが満たしてくれるんだよね？」

――誘ったのは、あなたなんだから、もう止まらないよ。由貴の知らない淫蕩《いんとう》な口調と雄《おす》の瞳《ひとみ》でそう低く囁《ささや》くと、金光は己の着ていたものを手早く脱ぎ捨てて身体《からだ》を重ねてきた。

普段の快活で屈託《くったく》のない姿が嘘《うそ》のように、由貴の知らない淫蕩な口調と雄の瞳でそう低

最初は優しく、徐々に性急になる年下の青年の唇《くちびる》や指や、そしてもっとも正直で熱い部分に、撫《な》でられて揺さぶられて翻弄《ほんろう》される。

最後に、自分では触れたようなこともない箇所を長い指でかき回され、さんざん正気では考えられないような声や言葉をあげさせられた後、指とは比べものにならないような圧倒的な大きさと熱量に、身体の奥を侵された。

「……ねえ、わかる……？」

あなたの中に、今、俺がいるんだよ……。

身体を揺さぶる律動の激しさとは裏腹に、こめかみに口づけながら囁く金光の声は、まるで子供のように一途《いちず》でいとけない。

「……すごく、嬉《うれ》しい」

瞳の中に雄の猛々《たけだけ》しさを残しながらも、笑った顔がいつもの見慣れたそれだったから、由貴も初めて経験する痛みや快楽に耐えながら「……俺も嬉しい……」と答えていた。

――俺は、おまえをちゃんと満たしてあげられてるか？

自分が受け入れる側だったせいか、なんだか満たしてもらったのは自分のほうのような気がして……。

けれど、それを悔しいと思ってしまう自分の愚《おろ》かさを、由貴はけして嫌いではないと思ったのだった。

「……俺は、どうしてこう馬鹿《ばか》なんだ？」

翌朝、金光の腕の中で目を覚ました由貴の、疲れたようなそれが第一声だった。

二日酔いで頭はガンガンと容赦《ようしゃ》なく痛んでいるというのに、肝心《かんじん》の記憶《きおく》のほうは余すことなくすべて覚えていて、彼のやりきれなさに拍車《はくしゃ》をかける。

——こういう時こそ、記憶喪失《そうしつ》になりたい……。

よりにもよって、酔っ払った勢いで自分から誘って、年下の男に抱かれてしまったのだから、正気に戻った今となっては、へこまないほうがおかしかった。

「……ああ、違うな。俺がショックを受けてるのは、そんなことより何よりも……」

酔いが醒《さ》めて一夜明けた今になっても、この傍《かたわ》らで幸せそうに眠っている青年に対しての愛《いと》しさが消えていないという事実が一番、由貴にとってはショックだったのだ。

出会ってから、たったの二週間……。

たとえ相手が女性でも、こんなふうに短期間で誰かを好きになった経験はない。

――それが、よりにもよって相手は六つも年下の男だ。

自分でも、頭がおかしくなってしまったとしか思えなかった。

けれど……。

自分の境遇を淡々と語りながらも、金には困ってないけど愛情には飢《う》えていると冗談《じょうだん》めかして言った時の寂《さび》しそうな瞳《ひとみ》があまりにも切なくて……。

どうしても、慰めてあげたくて仕方がなくなったのだった。

自分の愛情で満たしてやりたいと、あの時は本気でそう思っていたのである。

そして困ったことには、今でもその気持ちには変わりがないようなのだった。

普段、優しく屈託《くったく》なく笑っている顔ばかりを見ているから、金光の哀《かな》しげな顔や寂しげな顔は見たくなかった。

自分を好きだという彼の気持ちが本当なら、こんな身体《からだ》を差し出すくらい些細《ささい》なことのような気がしたのだった。

――それに、べつに痛いばっかりでもなかったし……。

いつもらしくもないことを考えて、思わず顔を赤らめながらも、とりあえずはこの場から動くべくベッドから下りる。

身体の奥に残る気恥ずかしいような鈍痛には気づかないふりをして、どうやら金光がたたんでおいてくれたらしい服をゆっくりと身につける。

身体《からだ》のどこにも汚れた感触がないのは、おそらく由貴が気絶したように眠ってしまった後に、金光が清めてくれたからなのだろう。

「……マメな奴《やつ》……」

疲れているのか、それとも眠りが深い質《たち》なのか、まったく目を覚ます気配のない青年の少しくせのある黒い髪の毛を、優しく指で梳《す》く。

子供のように無心な寝顔に見惚《みほ》れている自分に気づき、まったく色惚《いろぼ》けしていると由貴は自分自身に呆《あき》れた。

「とりあえず、いったん家に戻るかな……」

一声もかけずに帰ったら、きっと金光が落胆《らくたん》するだろうことはわかっていたが、あんなことのあった翌朝に、顔を合わせづらいと感じる俺の気持ちも察してくれと、由貴は眠る青年の唇《くちびる》に軽く触れるだけのキスを落としてから、その部屋を後にしたのだった。

STAGE 3

目覚めると、ベッドの中には自分一人だけで……。

一瞬《いっしゅん》、もしかすると、自分に都合のいい夢を見ていただけなのかと落胆《らくたん》した金光《かねみつ》だったが、そこが見慣れた自分のベッドの上ではなく、滅多《めった》に使用しない客間のベッドだと気づいて、やはり夢ではなかったらしいと安堵《あんど》する。

が、同時にやはり少しばかり複雑な気持ちになって、寝起きの獣《けもの》のように低く唸《うな》りながら両手で頭を掻《か》きむしった。

「はぁ、俺ってばもう……」

てっきり自分ではノーマルだと思ってたのに、どうやら違ったらしいと、傍《はた》から見れば今さらのことで溜《た》め息《いき》をつく。

——本気で好きだったたってことを、なんだか身体《からだ》でわからせられた気分。

もちろん、後悔なんてしているはずはなかったけれど……。

「……後悔してるとしたら、絶対に俺よりも由貴《ゆき》さんのほうだよなぁ」

部屋の中を見回して、昨夜《ゆうべ》とりあえずは事の後にたたんでおいたはずの由貴の衣服がないことを確認してから、金光もやや酒の抜け切っていない頭を振ってベッドから下りた。

とりあえず、ジーンズだけをはいてリビングへと向かったが、やはりというか案の定というか、由貴の姿はどこにも見あたらなかった。

「……逃げられちゃったかな」

なんとなく前もって予測がついていた行動なので、金光が傷つくことはなかった。

代わりに、ニヤリと不敵に笑う。

——でも悪いけど、俺は絶対に逃がす気なんてないからね。

ちょっと遠回りはしたけれど、手に入れたからには、絶対に逃がさない。

「どうせ、ほっといても夜には会えるけど、やっぱりその前にちゃんと話したいよね」

携帯《けいたい》電話の番号は知っているけれど、あいにくと由貴の住んでいるところはまだ教えてもらっていない。

それなら、どこへ行けば彼に会えるかと考えて、一つだけ思い当たる場所が金光にはあった。

——うん、決定。いなきゃいないで、今度はそこで家の住所を教えてもらえばいいんだから、まさに一石二鳥！

この後の予定が決定した途端、現金にもお腹《なか》が空腹を訴える。

リビングの壁にかかった時計で時間を確認すると、まもなく正午になろうとしていた。日曜日だからといって、少しばかり寝すぎたようである。

基本的に夜更かしのせいもあってか寝起きの悪い金光は、一度寝るとなかなか目を覚まさなかった。

これでは、由貴ではなくても先に起きて帰ってしまうのは当然かもしれない。

「うーん、何か食べるものあったっけ……？」

料理はけして不得手《ふえて》ではなかったが、このところバイトのせいで外食が続いているので、冷蔵庫の中にはろくなものが残っていないはずだった。

コンビニまで買いに出るのも面倒くさいなぁと、若者らしからぬ自堕落《じだらく》なことを呟《つぶや》きながら、独《ひと》り暮《ぐ》らしには無駄《むだ》に広いダイニングへと向かう。

そして、何もないはずのダイニングテーブルの上に並んでいるものを見て、金光は我が目を疑ったのだった。

「えっ、嘘《うそ》、感動……」

グリーンサラダとハムエッグと、カリカリに焼いた厚焼きトーストと、確かに料理と呼ぶにはあまりにも簡単なものばかりだったけれど……。

――こういうことをされちゃうとなぁ、男としてはやっぱり弱いよね。

大好きな人が作ってくれたと思えば、どんなものでも金光にとってはご馳走《ちそう》だった。

それに、あの空っぽの冷蔵庫から材料をかき集めて、これだけのものをなんとか用意してくれたのかと思うと、もうそれだけでも充分に嬉《うれ》しい。

しかし、料理の横に添えられたメモ用紙を手にとって、そこに書かれていたメッセージを読んだ瞬間《しゅんかん》、金光は思わず声を出して笑いだしてしまったのだった。

——あぁ、もう。本当にかなわないなぁ。

自分よりも、六つも年上のくせして、なんて可愛《かわい》い人なのだろうと、胸の真ん中がホンワリと温かくなるような気がした。

メモ用紙には、昨夜《ゆうべ》のことも、黙って帰るとの一言も何も書かれてはいなくて……。代わりに、書いてあったのは、たった一言……。

『俺の料理の腕はこんなもんじゃない！』

このメモを、あの綺麗《きれい》で生真面目《きまじめ》な人がどんな気持ちで書いたのかはわからなかったけれど、とりあえずは昨夜のことを怒ってはいないらしいので金光は心の底から安堵《あんど》したのだった。

由貴の用意してくれた昼食（朝食？）を綺麗にたいらげた後、金光が向かったのは新橋《しんばし》にある柊《ひいらぎ》探偵《たんてい》事務所だった。

自宅はなかなか教えてくれない由貴だったが、この事務所の名が印刷された名刺《めいし》は金光に渡していた。

探偵《たんてい》事務所なんて、ちょっと胡散臭《うさんくさ》い建物を想像していたのに、想像していたのとは全然違って今時のオシャレなファッションビルの五階にその事務所はあった。

ワンフロアすべてを借り切っているらしく、二人しか所員がいないくせに、なんて金の無駄《むだ》使いをと思ったら、フロアの半分は住居になっているようだった。

どうやら、ここは、柊にとっては事務所兼自宅であるらしい……。

——金持ちって、何を考えてるのかよくわからないな。

警察を辞《や》めて、道楽で探偵事務所を始めてしまうような男が由貴の親友なのかと、なんだか少しばかり考え込みながらも、大きく柊探偵事務所と書かれたドアを開ける。

「お邪魔《じゃま》しまーす」

「ん？　もしかしてお客様かな？」

どう考えても、従業員二人の事務所にしては広すぎるフロアの中央に立っていた長身の青年が、金光の声にのんびりと振り返る。

そうして、金光の姿を認めた瞬間《しゅんかん》、「あれ？」と訝《いぶか》しげに首を傾《かし》げたのだった。

「きみ、前にどこかで会ったことなかったかな？　あ、言っとくけど、べつにナンパじゃないからね」

どこまで本気かわからないような口ぶりで、けれど気になるのは本当らしく、しきりに首を傾《かし》げている相手に、金光は苦笑しながら「お久しぶりです」と軽く頭を下げた。

「……柊さんとお会いするのは、三年前の例の由貴さんが官舎の前で襲われた事件以来ですね」

「あ、思い出した！　あの時の小僧《こぞう》だな！」

……小僧？

「そうだおまえだ、思い出した」と勝手に一人で納得して満足している柊に、いきなり『小僧』呼ばわりされて、金光は面食《めんく》らった。

「あの、すみませんけど、由貴さんは今日は？」

気を取り直して、まずは本題をと、少なくとも自分から見える範囲には由貴の姿がないことを確認してから、金光は由貴の居所を質問した。

「ん？　なんだ、由貴に用事なのか金光章弘《あきひろ》？」

どうやら、『小僧』の次はフルネームらしい。

「あ、はい」

素直《すなお》に頷《うなず》くと、柊は精悍《せいかん》な顔を顰《しか》めながら「どんな用事だ？」と尋《たず》ねてきたが、これには笑顔《えがお》で「秘密です」と答えてやる。

「……秘密なのか？」

「はい」

ニッコリと微笑《ほほえ》みかけると、柊はなぜかムムーンと眉間《みけん》の皺《しわ》を深くする。

「俺がもし、その秘密の内容をバラさないと由貴の居場所を教えないと言ったらどうする?」

なんだか台詞《せりふ》だけを聞いていると、まるでサスペンス・ドラマか何かのようである。

「うーん、その時は自力で捜すからいいです」

あっさりと、これまた笑顔で答えると、柊は見るからにつまらなさそうな顔つきになった。

「由貴はおまえのことを、快活で屈託《くったく》なくて優しいと、そりゃあ好青年のお手本のように大絶賛してたが、あいつはやっぱり人を見る目がない。刑事を辞《や》めて正解だった」

なぜなら、どう考えてもおまえは質《たち》が悪そうだからだ! と、ビシリと人差し指を顔の前に突きつけられて、金光はさすがに困惑《こんわく》する。

——いちいち言動に芝居《しばい》がかった、愉快《ゆかい》な人だ……。

「と、まぁ冗談《じょうだん》はこれくらいにして、由貴なら今日は事務所には来ないぞ」

……冗談だったのか?

「えっ、そうなんですか」

「ああ、うちの事務所は基本的に日曜祝日は休みなんだ」

どんな探偵《たんてい》事務所なんだと内心では思いながらも、それじゃあやはり自宅のほうかと金光は由貴の行き先に見当をつける。

万が一、ほかの場所に外出していたとしても、自宅の前で待てばそのうち帰ってくることだろう。

「それじゃあ、由貴さんの自宅の住所を教えてください」

「なんだおまえ、由貴の自宅をまだ教えてもらってないのか？」

微妙に優越感《ゆうえつかん》をたたえた眼差《まなざ》しで眺《なが》められて、少しばかりムッとしたが、それを素直《すなお》に表に出すのも悔しかったので、軽く余裕を持って「残念ながら」と肩を竦《すく》めてみせた。

「俺的には、もう少しばかり意地悪したい気持ちでいっぱいなんだが、由貴にバレるとあとあと煩《うるさ》いから、ここは親切に教えてやろう。ありがたく思え」

窓際《まどぎわ》に置かれた大きなデスクへ近づくと、柊はペンとメモ用紙を取り出して、そこにサラサラと由貴の自宅の住所を書き記すと、金光へ差し出してよこした。

「ありがとうございます」

しかし、差し出されたメモを受け取ろうとした瞬間《しゅんかん》、サッとそれを翻《ひるがえ》されてしまい、差し伸べた指が間抜けな状態で宙にとどまることとなった。

「……柊さん」

咎《とが》めるように年上の青年の名前を呼べば、相手は急に真面目《まじめ》な表情になって「一つだけ言っておきたいことがある」と、会ってから初めてまともな口調で口を開いた。

「……なんですか？」

「もしおまえが由貴を泣かせるようなことがあったら、俺は絶対に許さないからな」

金光は、ふっと目を眇《すが》めると、やはりなと心の中で呟《つぶや》いた。

――この人にとっても、由貴さんはやっぱり特別な存在なんだろう。

刑事を辞《や》めて娯楽《ごらく》で探偵《たんてい》事務所を設立したなんてふざけた理由は建て前で、本当はすべて警察を辞めたあとの由貴さんの居場所を作るためだったのでしょう？　と、金光は柊を問い詰めたい気持ちを我慢した。

「心配しないでください。俺だって、三年越しでようやく実った恋を、今さら簡単にふいにするような真似《まね》は絶対にしませんから」

「……こらガキ、さらりと聞き捨てのならない台詞《せりふ》を吐きやがったな？」

今度はガキ呼ばわりである……。

柊の自分に対する呼び方のバリエーションの多さに苦笑しながらも、ここはきちんと宣戦布告でもしておくかと、金光はニッコリと凶悪な笑顔《えがお》で「はい、言いました」と頷《うなず》いた。

「身も心も、由貴さんは俺のものです」

毅然《きぜん》と自信に満《み》ち溢《あふ》れた口調で言い切ると、柊の目は驚愕《きょうがく》で丸くなった。

だから金光が心の中ではこっそりと、まだはっきりと確認は取ってないけど、たぶんそのはずと付け加えたことは彼には内緒《ないしょ》である。

「……おまえ、まさかもう由貴に手を出したのか！」

さすがにそこまでは考えていなかったらしい柊が、憤《いきどお》りと焦《あせ》りと悔しさのない交ぜになったような複雑な表情で怒鳴《どな》るのに、金光は少しばかり申し訳ない気持ちになりながらも「はい」と正直に返事をした。

――手を出したというか、出されたというか、そこらへんはちょっと難しいとこだけどね。

途端にガックリと広い肩を落とした柊は、両手で頭を抱えながら「あ〜ぁ、いつかこんな日が来るとは思ってたけど、それが今日だったとは」と、まるでこの世の終わりのような顔で呟《つぶや》いた。

「俺は今まさに、手塩にかけて育てた箱入り娘を、どこの馬の骨ともわからない若造《わかぞう》に奪われた父親の心境だ」

恨《うら》めしそうに自分を睨《にら》みつける柊に、金光は肩を竦《すく》めながら「『父親』だったんですか？」と尋《たず》ねた。

が、すぐに微妙にニュアンスを変えて、再び問いかける。

「柊さんは、本当に由貴さんにとって、『親友』で『父親』のままでよかったんですか？」

柊の顔から、ふざけた様子が消える。

軽く眉《まゆ》を寄せて、考える素振りで目を伏せた柊だったが、ふと気がついたようにデスクの上から煙草《たばこ》を取り上げると口にくわえた。

そのまま流れるような仕種《しぐさ》で鉛色《なまりいろ》のジッポで火を灯《とも》す姿には、まだ二十歳《はたち》になったばかりの金光には少々悔しいことに、大人の男のカッコよさのようなものが滲《にじ》んで見えた。

——こうやって見ると、この人もけっこうハンサムなんだよなぁ。

性格は、かなり変わってるみたいだけど……。

柊にしてみれば大きなお世話なことを考えながらも、金光はおとなしく柊が口を開くのを待っていた。

「……もしかして知らないかもしれないから、人生の先輩として教えてやるが、坊主《ぼうず》、今の日本では男同士は結婚できないんだ」

いくらなんでも、それくらいのことは今の世の中幼稚園児《ようちえんじ》でも知っている。

「知ってますよ」

けれど、真顔で答えると、こちらも真顔で「そうか」と頷《うなず》いた。

「男と女なら、一生そばにいたいと思える相手と出会った場合、結婚という法律的手段がある。たかがペラペラの紙一枚だが、よっぽどのことでもない限り、それで相手を一生自分に縛《しば》りつけることも可能だ。

だが、相手が同性の場合はどうだろう。もちろん、結婚はできない。恋人になるのはかまわないが、恋愛なんてのは一時の気の迷いのようなもんだ。そんな不確かなものよりも、男同士なら友情のほうが一生続きそうだと俺は踏《ふ》んだ。由貴のそばにずっといたいからこそ、俺はあえて『親友』でいることを選んだのさ」

淡々と語る口調は真摯《しんし》なもので、柊が本気でそう思っていることがよくわかった。

「そんなふうに思えるのは、あなたが由貴さんに恋をしていないからですよ。愛情は持っているのかもしれないけど、それは恋愛感情からくるものじゃない」

――俺は、自分の気持ちに気づいたからには、そばで見ているだけなんて絶対に我慢できない。

好きだから、触れたい。

好きだからこそ、その人のすべてを知りたいし、手に入れたいと思う。

「そうかもな」

紫煙《しえん》をけむらせながら呟《つぶや》く柊に、俺はあなたのようにはなれそうにもないと、金光は苦く笑った。

「でも俺は絶対に、由貴さんのことを一時の気の迷いになんてするつもりはありませんから。あなたよりも永く、あの人のそばにいてみせますよ。もちろん、恋人としてね」

「たかが人生二十年のくせして、ずいぶんと大きな口を利《き》いてくれるじゃないか」

器用に片眉《かたまゆ》を上げて「生意気だな」と笑う相手に、「おかげさまで」と、今度はニッコり微笑《ほほえ》みながら返す。

「それで、そのメモはいつになったら俺にくれるんですか？」

「土下座《どげざ》してお願いするんならやってもいいって言ったら、おまえどうする？」

なるほどそうきたかと、意地の悪い眼差《まなざ》しで自分を見ている柊に内心で溜《た》め息《いき》をつく。

できませんと断るのは簡単だったが、柊が自分を由貴に相応《ふさわ》しいか試しているのだとしたら、彼の望む答えを選んでやろう。

世の中には、プライドよりも大切なものが確かに存在するのだから。

「わかりました」

だからそう言って、潔《いさぎよ》く毛足の長い絨毯《じゅうたん》におおわれた床へと両膝《りょうひざ》をつく。

そのまま躊躇《ためら》わずに、「お願いします」と言って頭を下げようとした金光だったが、疲れたような声音で「わかった、もういい」と途中で柊に遮《さえぎ》られて顔を上げた。

「いいんですか、土下座しなくても？」

「こんな光景を誰かに見られたら、妙な誤解をされちまうだろうが」

そう言って、ほれと差し出されたメモ用紙を、金光は頭の上で押しいただくようにして受け取ったのだった。

「柊さんって、意外と悪役にはなりきれないタイプなんですね」

「失敬だな。誰が悪役だ」

ふんと面白《おもしろ》くなさそうに呟《つぶや》く柊に、まるで犬でも追っ払うかのように「用事がすんだんなら、とっととここから出て行け」と言われて、金光は素直《すなお》に立ち上がった。

そのまま、「ありがとうございました」と礼を言って事務所から出て行こうとするのに、「そういえば……」と何かを思い出したかのような柊の声がかかる。

「おまえ、あのホストクラブのオーナーの甥《おい》っ子《こ》らしいな」

「ええ、それが何か？」

今度は突然何を言いだすつもりなのかと、指先で煙草《たばこ》を玩《もてあそ》んでいる柊に視線を向ければ、「おまえんとこのホストクラブ、出張とか派遣《はけん》はしてないんだろ？」と尋《たず》ねられて驚く。

「してませんよ。叔母《おば》はそういうのは店の質を落とすと言って嫌ってますから」

「ふーん、だったら勝手に店の名前を使って、勤務外にも出張や派遣の真似事《まねごと》してお金を貰《もら》ってるホストがいるって言ったら、やっぱそいつはクビか？」

思いがけない話の内容に、金光は表情を引き締めると、「何か知ってるんですか？」と柊の顔を窺《うかが》った。

「……由貴が働いてるあいだ、何も俺だって遊んでたわけじゃないんだ。気になって別のほうからも調べてみたんだが、その『マサヤ』ってホスト、かなりあくどいことばかりしている。今言った一件もそうだが、結婚詐欺《けっこんさぎ》まがいが過去に数件に、前に勤めていた店の金の横領《おうりょう》など、叩《たた》けばいくらでも埃《ほこり》の出てくる身体《からだ》だ。ただ、困ったことには、小悪党だけあって用心深くてな、なかなか決定的な証拠《しょうこ》を残してないってことだ。偽名《ぎめい》の数も、二つや三つじゃない。悪いことは言わないから、店の金を使い込まれるまえに、早々にクビを切るように叔母《おば》さんとやらに進言することをすすめる」

もともと自分とは反りの合わない相手だし、由貴からもそれなりに話を聞いていて、もし本当に『マサヤ』が結婚詐欺《けっこんさぎ》を働くような男だというのなら、妙子《たえこ》に彼をクビにするように進言するのも仕方ないとは思っていた。

それを今までしなかったのは、事情を知らないほかのホストたちに、オーナーの甥《おい》である自分の機嫌を損《そこ》ねると、いつクビを切られるかわからないという先入観をもたれることが嫌《いや》だったからである。

——でもそれは、俺も一緒《いっしょ》にバイトを辞《や》めればすむことだよな……。

ホストのバイトはけっこう気に入っていたけれど、暇つぶしの意味合いの強いそれにいつまでも縋《すが》りついているのは、本気でこの仕事にプライドを持っているトオルやカナメのようなプロフェッショナルたちに対して失礼にあたる。

本当は、金光も以前からそのことには気づいていたのだった。

「……わかりました。叔母に話してみます」

ペコリと頭を下げて、今度こそ柊に背中を向けてドアへと向かう。

途中、もう一度くらい声をかけられるかと思ってチラリと背後を窺《うかが》ったが、金光の意に反して、柊はデスクの上に腰を下ろしながら、ぼんやりと窓から外を眺《なが》めていただけだった。

——もしかすると本当はあの人も、自分の選んだ立場を後悔してるんじゃないのだろうか？

一生、由貴に触れることなく、『親友』として生きていくことを後悔しているのでは？

たとえそうだとしても、同情する気にはなれなかった。

柊もそれを望んではいないだろうし、柊には柊の生き方がある。

そう、俺には俺の生き方があるように……。

今はともかく、柊よりも少しでも永く由貴のそばにいられるように努力しなければと心に誓いながら、金光は愛《いと》しい年上の人のもとへと急いだのだった。

由貴の借りているマンションは、柊の事務所から歩いて十五分程度の距離にあった。

入り口に電子ロックがないので、そのまま玄関ホールを突っ切って、正面にあったエレベーターに乗り込む。

柊の達筆すぎてところどころ読むのに推理《すいり》が必要なメモを片手に、3と書かれた階数ボタンを押してから、金光はようやくホッと肩の力を抜いた。

携帯《けいたい》に連絡も入れずにいきなり家に押しかけて、もしかしなくてもけっこう迷惑《めいわく》だろうとは思ったが、電話ではなくどうしても直接顔を見て告げたい言葉があった。

——告げたい、そして教えてほしい……。

柊には大見得をきったが、それほど金光は自分に自信を持っていたわけではない。嫌われていないことだけは確かだけど、差し伸べてくれた腕の意味が、愛情なのか同情なのか、本人の口からはっきりと聞いたわけではなかったから……。

目的のフロアに到着したことを教えるベルの音と、軽い浮遊感に我に返り、慌《あわ》てて金光はエレベーターを降りた。

廊下《ろうか》を囲った素っ気ないほどに無機質な白い壁が、まるで病院のようだと思いながらも、フロアの一番奥にある部屋へ自然と早足で向かう。

ドアの横には、履歴書《りれきしょ》と同じ几帳面《きちょうめん》な字で『久我山《くがやま》』と書かれた小さなネームプレートがかかっていた。

——柊さん、ちゃんと本当に由貴さんの住所教えてくれたんだ。

じつはここに着くまで半信半疑だったのだと知ったら、あの探偵《たんてい》事務所の若き所長は怒るだろうか？

疑ってごめんなさいと、心の中で手を合わせながら、彼らしくなく緊張に震える指先でインターホンを押す。

すぐに『はい？』と返ってきた声に、「あの、俺です。章弘です……」と名乗ると、一瞬《いっしゅん》の沈黙ののちにカチャンと受話器が置かれた音がして呆然《ぼうぜん》とした。

「え……、うそぉ……」

もしかして、やっぱり怒ってるの？

ガーンとショックを受けてドアの前に立ち尽くしていると、いきなりなんの前置きもなくバン！　とドアが外側に開いて、やや俯《うつむ》き加減で立っていた金光は思い切り額をドアで強打したのだった。

「わっ、すまない！」

「ひどいよぉ、由貴さん……」

あまりの痛みに涙目になって背後によろけた金光に、驚いた由貴が裸足《はだし》のままで駆け寄ってくる。

「だ、大丈夫か？　あ、コブになってる！」

「……これ以上馬鹿《ばか》になったらどうしよう……」

グッスンと泣き真似《まね》ではなく本気で鼻をすすると、由貴はオロオロしながらも「その時は俺が責任とってやるから」と、迂闊《うかつ》に甘い言葉を吐いてくれた。

「……本当？　一生責任取ってくれる？」

ついつい目が本気になってしまった金光に、由貴は気圧《けお》されながらも「あ、ああ」と頷《うなず》いた。

「その言葉、絶対に忘れないでね」

額はズキズキ痛んでいるが、痛みを凌駕《りょうが》する興奮で金光の鼻息は荒い。

とりあえず、こんなところではなんだからと、部屋の主の由貴に断りなく勝手に「それじゃあ、お邪魔《じゃま》します」と言って部屋の中へと上がりこんだ。

「え、ちょ、章弘……」

後から慌《あわ》ててついてくる由貴に、額をさすりながらも「あ、昼食ごちそうさまでした」とまずは礼を言う。

「……俺は、朝食のつもりだったんだが……」

金光の台詞《せりふ》から、彼が昼まで寝ていたことを察したのか、由貴はいささか呆《あき》れたような顔つきになった。

十二畳のワンルーム・マンションのようだが、ベッドとオーディオセットとテレビ以外は特に目立つものは何もない。

金光も綺麗《きれい》好《ず》きでこの年頃の青年にしては部屋が片付いているほうだったが、由貴のは片付いているというよりは単に物がないだけのような気がする。

硬質で透明なイメージのある由貴には似合いの部屋だったが、ここまで生活感がないとなんだか少し寂《さび》しい気がすると金光は思った。

「なんにもない部屋だね。物をごちゃごちゃ置くの嫌いなの？」

ベッドサイドに置かれた華奢《きゃしゃ》なシルエットの木製のチェストの上に、読んでいた途中なのか頁《ページ》の開いたハードカバーの本というか写真集を見つけて、金光は「ああ、この本なら俺も持ってるよ」と、自分の部屋なのに身の置き所のないような表情で立ち尽くしている由貴のことを振り返った。

『月の本』というタイトルのこの本は、帯に『月のトータル・ヴィジュアルブック』とあるように、写真家である著者が撮《と》った様々な形と姿の月と、月にまつわる言葉やエッセイなどで綴《つづ》られた本だった。

昨今では、こんなふうに、写真集と読み物の中間のような本を、『ヴィジュアルブック』と呼ぶらしかった。

「……以前に、その著者の『宙《そら》の名前』という本を買ったことがあって……」

けっこう好きな世界だったから、こっちも買ってみたのだと、由貴はわずかに照れたように頰《ほお》を染めて呟《つぶや》いた。

そんなふうに綺麗《きれい》な月や夜空の写真集を眺《なが》めているのを、自分らしくないとでも思っているのかもしれなかった。

——そんなこと、全然ないのにね。

まるで、あなた自身が冴《さ》えた白銀の月のように綺《き》麗《れい》だなどと言ったら、きっとこの年上の人は怒るのだろうなと、金光は黄昏《たそがれ》の空に浮かぶ細い三日月が写った頁《ページ》を指で弾《はじ》きながら思ったのだった。

「『宙《そら》の名前』は俺も持ってるよ。あと、もう一冊同じ著者の『ひねもす』って本もね。こっちはただし、もう一人の写真家さんとの合作みたいだけど。やっぱり綺麗な宙の写真がいっぱい載《の》った本だよ」

「そんなのもあるのか？」

興味を惹《ひ》かれたらしい由貴の様子に、目を細めて「よかったら今度貸してあげようか？」と首を傾《かし》げた。

こんなふうに、お互いの好きなものや興味のある話は楽しかった。

好きな人が、自分と同じものを見て、同じように感じたり感動してくれたりするのはとても嬉《うれ》しいと思う。

「いいのか……？」

「いいよぉ。今度、持ってきてあげるね」

嬉しそうに頷《うなず》く由貴に、金光は微笑《ほほえ》みながら手招きをする。

「あのさぁ、ところで一つだけどうしても由貴さんに言っておきたいことがあるんだけど、聞いてくれる？」

金光の口調は軽かったが、目が笑っていないことに気づいたらしい由貴は、困惑《こんわく》したように瞳《ひとみ》を揺らしながらも、手招きされるままにそばへと寄ってきた。

「……言っとくけど、俺はいちおう帰る時に、おまえのことを起こそうとしたんだぞ。そりゃあ、最初はその……恥《は》ずかしいから、黙って帰るつもりだったんだが、後からおまえにとやかく言われるのは嫌《いや》だと思って、ちゃんと起こしたんだ。なのに、おまえが揺すっても叩《たた》いても蹴《け》っても起きなかったんだろうが」

「……叩いたうえに蹴ったの？」

ひどいよ由貴さんと言いながら、眉《まゆ》の端《はし》を哀《かな》しげに下げると、由貴は慌《あわ》てて「そんなに思い切りじゃない」とフォローになっていないようなフォローをした。

しかしすぐに、どっちにしても起きなかったおまえが悪いと、拗《す》ねた表情でツンとそっぽを向く。

――うーん、これは期待しても大丈夫だろうか？

それでは、ここは潔《いさぎよ》く覚悟を決めると、金光はそっぽを向いていた由貴の細い顎《あご》を摑《つか》んでグイと自分のほうへ向かせた。

そして、驚いたように大きく見開く琥珀色《こはくいろ》の瞳を真剣な眼差《まなざ》しで覗《のぞ》き込《こ》むと、一言「好きです」と告白したのだった。

「やることとやったあとにこんなこと言うのも馬鹿《ばか》みたいかもしれないけど、ちゃんとけじめをつけておきたかったんだ。俺は、本気で由貴さんが好きだから、どうか俺だけのものになってください。お願いします」

由貴の両肩を摑《つか》んだままで、ペコリと頭を下げる。

そのままの状態で殊勝《しゅしょう》に由貴の答えを待っていると、答えの代わりにポカリと一度拳《こぶし》で頭を殴《なぐ》られた。

「えーっ、なんでぇ？」

やっぱり俺が六つも年下でそのうえ男だから？　と、涙目で訴えようと顔を上げたら、耳まで真っ赤になった由貴に「馬鹿者《ばかもの》！」と怒鳴《どな》られた。

「だったら、だったらさっさと電話くらいかけてきたらいいだろう！　お、俺こそ、あんなふうに自分から誘うような真似《まね》して、おまえに軽蔑《けいべつ》されて嫌われたんじゃないかとびくびくしながら、おまえからの連絡待ってたのに……！」

と叫《さけ》ぶと同時に、いきなり子供のようにボロボロと泣きだした由貴の姿に、金光は頭の中が真っ白になった。

――な、なんで泣くの？　やばい、由貴さんを泣かしたことが柊さんにバレたら殺されるかも……。

いや、そういう問題じゃなくて……。

軽いパニック状態に陥りながらも、とりあえずは目の前で泣いてる青年を抱き締めて、

「ごめんなさい」と何度も繰り返す。

「本当にごめんね。直接会って話すことばかり考えてて、いきなり家に訪ねていったら驚くかなぁとか思ってて……。そんなことよりも先に、電話すればよかったんだよね。本当に、本当にごめんなさい。不安な思いさせちゃったんだよね？」

自分のことばかり考えていて、由貴の気持ちを察してあげられなかった己に自己嫌悪《じこけんお》の嵐《あらし》……。

大きな琥珀色《こはくいろ》の瞳《ひとみ》から溢《あふ》れた涙を舌で拭《ぬぐ》えば、塩辛《しおから》い海の味ではなく仄《ほの》かに甘いような気がするから、どうやら自分は五感まで目の前の愛《いと》しい人に侵食されているようだと金光は自嘲《じちょう》する。

目から流れた涙の軌跡《きせき》を辿《たど》り、柔らかく開いた唇《くちびる》に宥《なだ》めのキスを降らせば、背中に回った白い指が艶《なま》めかしく背骨を辿る。

「……もしかして、誘ってる？」

「いちいち口に出して確認するな……」

こういうことは雰囲気《ふんいき》で察しろと、拗《す》ねたように唇を尖《とが》らせる姿が愛しい。

「ねぇ、一つだけ訊《き》いてもいい？」

「……おまえはいつも、前置きが長い。癖なのか？」

憮然《ぶぜん》としたような口調で、だけど、自分を見上げてくる瞳の色は蕩《とろ》けそうに甘い。

「同情なんかじゃないよね……？」

可哀相《かわいそう》な子供に救いの手を差し伸べるような、そんな気持ちで俺に抱かれてくれたわけじゃないんだよね？

少しだけ、怒られることを覚悟していた。

もしかしたら殴《なぐ》られるかもしれないとも思ったのに、由貴はそうしなかった。

ただ、優しく綺麗《きれい》に笑って、「おまえは本当に馬鹿《ばか》なんだな」と言っただけだった。

「俺は、同情で男と寝られるほど先進的な男じゃないぞ」

どちらかといえば、堅物《かたぶつ》で面白《おもしろ》みがなくて、だからおまえとこんなことになったのは、自分でも青天《せいてん》の霹靂《へきれき》なのだと、由貴は苦笑しながら金光の額のコブを指で弾《はじ》いた。

「痛いよ、由貴さん」

「おまえがここに来るまでの俺の心の痛みから比べれば、こんなのたいしたもんじゃないだろ」

クールな見かけによらず、由貴の中身は意外と情熱的らしくて、これは金光にとっては嬉《うれ》しい発見だった。

「……もう、なんか今日はこのままずっと由貴さんと二人っきりでいたいなぁ」

手に入れたばっかりの綺麗な恋人を腕に抱いたまま、心の底からそう囁《ささや》く。

過去に女の子とつきあっていた時は、べたべたされるのが鬱陶《うっとう》しくて嫌《いや》だったはずなのに、由貴が相手だと思う存分にべたべたしてイチャイチャしたいと思ってしまう自分は、もしかすると相当浮かれているのかもしれない。

「バイト、今日は二人で休んじゃおうか？」

「えっ、でもそれは……」

ちょっとまずいのではと、こんな時でもあくまでも生真面目《きまじめ》な由貴に、「たまには息抜きも必要だって」と器用に片目を瞑《つぶ》ると、金光はジーンズの後ろポケットから携帯《けいたい》を取り出して妙子のもとへと電話をかけたのだった。


どうにかこうにか適当に理由をつけて二人揃《そろ》ってホストの仕事を休んだ翌日、金光は由貴の家からいったん自分のマンションに寄って大学に行く用意はしたものの、あまりにも時間がなさすぎて着替える暇もなく家を飛び出してしまった。

由貴のところでシャワーは浴びたし、下着も買い置きの新品を貰《もら》ったので、まぁ大丈夫だろうと、来月には冬期休暇があることだし、そろそろ真面目に講義に出ないとまずい状況にある金光は大学へと急いだのである。

急いだ甲斐《かい》があって、講義の始まる十五分前には大学に着くことができた。

ホッとしたのも束《つか》の間《ま》、なんだかいつになく他人の視線を感じるような気がして、気のせいだろうか？　と首を傾《かし》げる。

が、顔見知りの学生に、いつもどおり「おはよう」と挨拶《あいさつ》をするたびに妙な顔をされるので、これはどうも気のせいではないらしいと思う。

——うーん、ちゃんとシャワーも浴びたし、顔も洗ったし、歯も磨《みが》いた。

俺のどこが、そんなに変なのか？

たまたま目の合った女の子たちが一様に頬《ほお》を紅《あか》く染めて俯《うつむ》くのは、いったいなぜ？

困惑《こんわく》しながら目当ての教室に辿《たど》り着《つ》いた金光だったが、不意に背後から「あれ、金光？」と聞き慣れた美貌《びぼう》の友人の声がしたので、ホッとしながら振り返った。

「静流《しずる》ちゃん、よかったぁ」

金光にもし尻尾《しっぽ》があったら、おそらく振り切れていると思われるほどの勢いで、静流のもとへと飛んでいく。

「静流ちゃん、みんなが俺のことを変な目で見るんだよ」と、子犬のような目で訴えると、美貌の青年は長い睫毛《まつげ》を瞬《またた》かせながら不思議そうに首を傾《かし》げた。

「どうしたんだ、今日は？」

「え、何が？」

静流ちゃんまでそんなことを言うの？　と、ガーンとなりながら尋《たず》ねると、静流は人差し指で金光の眉間《みけん》を指差して、一言「眼鏡《めがね》」と言ったのだった。

「……眼鏡？　……あっ！」

——すっかり忘れていた……。

由貴と会う時は、あくまでも普段の数倍気合いの入ったおめかしモードなので、金光は眼鏡《めがね》ではなくコンタクトレンズ着用なのである。

恋人との甘い時間に色惚《いろぼ》けしていたせいと時間がなかったせいで、コンタクトレンズを外して眼鏡に替えることをすっかり忘れていたのだった。

「え、金光だったのか？」

「うそっ、金光くんなの？」

どうやら、静流と金光のやり取りを遠目に窺《うかが》っていたらしいほかの学生たちが、突然わらわらと寄ってくるのに、金光は「ひどいよ、みんなぁ」と眉《まゆ》の端《はし》を下げた。

「だって、おまえ普段と別人じゃん。わかれってほうが無理だろうよ」

「すっごーい、金光くん。むちゃくちゃ、カッコいい」

女の子たちの態度がこれまでとはあからさまに違うことに苦笑しながら、金光はそれらを適当にあしらうと、静流の腕を取って逃げるように教室の中に入ったのだった。

「でも、静流ちゃんは、よく俺のことがわかったね？」

「そりゃあ、どんな格好《かっこう》してたって金光は金光じゃん」

なんとなく、どこかで聞いたような台詞《せりふ》だったが、金光はやはり静流のことが大好きだと思った。

もちろん、由貴の次にではあったが……。

自分が人並み外れて綺麗《きれい》なせいか、静流は他人をけして外見で判断しない。

彼の澄《す》んだ瞳《ひとみ》にはきっと、どんなに着飾った人間でさえも、その人間本来のあるがままの姿で映っているのだろうと、そう金光は思った。

だが、そうは言ってもやはり静流も物珍しいらしく、隣《となり》の席に腰かけている金光のことを、頭のてっぺんから爪先《つまさき》までまじまじと眺《なが》めてから感心したように口を開いた。

「なぁ、これがホストモードの時の金光なのか？」

「ホストのバイトの時は、もっとチャラチャラした感じかな」

金光のやや自嘲《じちょう》ぎみの台詞《せりふ》に、静流はまたもや欲しい玩具《おもちゃ》を目の前にした子供のようなキラキラした瞳で、「見てみたい。チャラチャラした金光ってどんななのか」と無邪気《むじゃき》に訴えてくる。

「えー、そうだなぁ、『お客様、今夜もまた格段に美しいですね。あなたのその宝石のように煌《きら》めく瞳に乾杯《かんぱい》』とかって感じ？」

言うまでもなく、嘘《うそ》である……。

今時、そんな背筋に寒《さぶ》イボの立ちそうな台詞を真顔で言っているホストなんているわけがなかった（たぶん）。

「うわっ、ホストってそんなものすごい台詞を言わなきゃならないのか？　大変なんだなぁ、金光……」

本気で感心している静流を可愛《かわい》いなぁと思うと同時に、少しばかり眩暈《めまい》を覚えてしまう金光だった。

――汚れてないいんだね、静流ちゃん……。

でも、もう少し他人を疑うことも覚えたほうがいいと思うな。

それじゃないと、友だちとしてちょっと心配……。

「うん、だからそろそろ辞《や》めるつもりなんだ」

「え、ホストを？」

驚いたように尋《たず》ねられたのに、「うん」と決意を秘めた瞳《ひとみ》で頷《うなず》く。

金光は、今夜にでも妙子に『マサヤ』の件を話すつもりでいた。

彼に関する話が信憑性《しんぴょうせい》のあるものだと信じてもらうために、由貴も自分が探偵社《たんていしゃ》の人間であると彼女に明かして、一緒《いっしょ》に事情を説明すると言ってくれた。

その席で、金光は妙子に自分がホストのバイトを今月限りで辞めるつもりであることを告げるつもりなのである。

「なんで？ バイト料もいいし、仕事も面白《おもしろ》いって、おまえ気に入ってたのに……」

「……綺麗事《きれいごと》ばかりじゃ、どうしようもない世界だからね」

――夜という名の深海を彷徨《さまよ》う、魚のような仕事だから。

美しく着飾ったホステスたちが熱帯魚なら、深い夜の闇《やみ》の中で、『快楽』という光で綺《き》麗《れい》な女性を釣り上げているホストは、深海の魚なのかもしれない。

実際に、『マサヤ』のように、複数の女性を甘い言葉とその容姿で誘い込み、食い物にするホストも中には確かに存在しているのだから……。

「金光の言ってること、俺には難しくてよくわからないけど……。なんか、大変そうなことだけはなんとなくわかる」

それだけわかってくれれば充分だよと、なぜか申し訳なさそうな顔をしている静流に金光はニッコリと微笑《ほほえ》みかけた。

「それから俺、たぶん犯罪マニアも卒業すると思う」

きっかけがきっかけだっただけに、あれも一種の現実逃避だったのだろうと、今の金光になら思えるから。

——手に入らないと諦《あきら》めてたから、だから、代わりに少しでもあの人に関係したほかのものに執《しゅう》着《ちゃく》したんだろうな……。

「え！　もう、警察無線盗聴したり、警《けい》視《し》庁《ちょう》のメインコンピューターにハッキングしたりするのやめるの？」

「……静流ちゃん、そういうことはもう少し小声で言ってね」

犯罪すれすれのボーダーラインで、遊んでるぶんには楽しかったけれど……。

——こんなことを知ったら絶対に由貴がいい顔をするわけがないから、情けないと、犯罪マニアとしてのプライドはないのかとなじられても、足を洗うことを決意いたします。
「ごめん……。でも、なんで？　なんで、突然いろいろ辞《や》めちゃう気になったんだ？」
静流の質問に金光が答えようと口を開いたところで、担当の教授が教鞭《きょうべん》を振りながら
教室へ入ってきてしまった。
出欠を取り始める眠たそうな声を聞きながら、金光は静流にしか聞こえないような小さ
な声で恋人ができたことを告白する。
「今、つきあってる人がいるんだ」
えっ！　とまたもや大きな声を出そうとする静流の口を咄嗟《とっさ》に片手で塞《ふさ》いで、シーッと
冷や汗をかきながら人差し指を顔の前に立てる。
「……だ、だって、いつのまに……？」
「そのうち紹介してあげるから、お願いだから静かにしてね」
コクコクと、今度は金光の言うことを聞いて声を出さずに首だけで頷《うなず》く静流に、ようや
く金光もホッとする。
これ以上静流に大声を出されたらたまらないので、相手が同性であることはまた後で改
めて告げることにした。
——そのうち、ぜひとも由貴さんと静流ちゃんに挟《はさ》まれて、食事とかしてみたいなぁ。

想像しただけでうっとりと至福な気持ちになれてしまう金光は、自分が思っているよりもずっとノーマルからはほど遠いところに行ってしまっていることに、まだ気づいてはいなかったのだった……。

休憩時間のたびに女の子たちの群れに追いまわされて、金光は普段の数倍の疲労を覚えていた。

「俺も面食いだから、あんまりとやかくは言えないけどさぁ……。コンタクトレンズにして、ちょっとばかりオシャレしただけなのに、こんなふうに目の色を変えて女の子に追いまわされても、あんまり嬉《うれ》しいとは思えないや」

だって、どんな俺も俺なわけだし……。

「外見だけ見て寄ってくるような奴《やつ》らを、本気で相手にする必要なんてない」

どうにか、まとわりつく女の子たちを追い払って静流と二人で帰路についた金光だったが、憂《うれ》い顔《がお》でそう呟《つぶや》いた静流に、やはり美形には美形なりの苦労があるのだろうなと同情する。

「……さすがに実感がこもってるね」

「昔は、自分の顔が大嫌いだったよ」

「俺は、静流ちゃん自身も、静流ちゃんの顔も大好き」

金光の衒《てら》いのない賞賛に、最近では免疫ができたのか、静流は「ありがとう」と言って小さく笑った。

「国塚《くにづか》さんとおまえがそう言ってくれるから、今はそれほど自分の顔が嫌いじゃないよ」

「へへっ、国塚さんと同列なんて光栄でぇす」

照れたように、今日は一つにまとめずにおろしたままの長い髪の毛を指でかき上げる。

「……前にも言ったけど、俺は国塚さんの次におまえを気に入ってるよ」

「俺も、俺の大事な人の次に静流ちゃんが好きだよ」

俺たち両思いだよねぇ？　と顔を覗《のぞ》き込《こ》むと、静流はそうだったのかぁと言って笑った。

出会った最初の頃と比べると、静流はずいぶんとよく笑うようになったし、金光の軽口にもつきあってくれるようになった。

今年の夏に二人揃《そろ》ってとある事件に巻き込まれたが、静流が目に見えて変わりだしたのは、たぶんその事件の直後からだったように思う。

事件の重要参考人の一人が彼らの学友だったために、金光も静流も事件後に考えさせられることも多かった。

静流が変わったのも、事件後にいろいろと彼なりに考えて答えを出した結果なのだろう。

——どんなに辛《つら》くて嫌《いや》な経験も、自分のプラスにできるってのが、静流ちゃんのいいところなんだよね。

うん、やっぱり彼と友だちになれてよかった。

そんなことを今さらのようにしみじみと考えていた金光だったが、不意に静流に「あのさぁ……」と声をかけられて、「え、なぁに?」と我に返る。

「金光のつきあってる人って、どんな人なの? 俺が今まで会ったことのない人?」

本当は、朝からずっと訊《き》きたくて仕方がなかったのだろうと思う。

休憩時間は常に金光の周囲に女の子たちがいたし、講義中もそれは同様だったから、静流は静流なりに、今まで尋《たず》ねるのを我慢していたらしかった。

「静流ちゃんとは面識ないと思うよ。でも、静流ちゃんといい勝負なくらいの美人ではあるけどね」

「……惚気《のろけ》られてるのはわかるけど、俺と比べるのは相手に失礼じゃないのか?」

真顔で答える静流はきっと、自分がそこらの女の子じゃ相手にならないくらいの美貌《びぼう》だということを、いまだによく理解していないのだと思われる……。

そこらへんの、自分の容姿に無頓着《むとんちゃく》で興味がないところなど、由貴とよく似ていると金光は思った。

「そんなことないよ。実際、ちょっと似た感じだし。綺麗《きれい》なくせして、適度に抜けたところがあるとこなんて特に」

「……悪かったな、適度に抜けてて」

憮然《ぶぜん》と秀麗《しゅうれい》な眉《まゆ》を顰《ひそ》める静流に、「えー、褒《ほ》めてるのに」と金光は唇《くちびる》を尖《とが》らせた。

「完璧《かんぺき》な美人よりも、ちょっと抜けてるくらいのほうが可愛《かわい》いって絶対に」

「……本当に褒めてんのか、それ？」

呆《あき》れたように溜《た》め息《いき》をつきながらも、静流は「それで？」と金光に話の先を促した。

「どうやって出会ったの？」

「あ、一番最初に出会ったのは、もう三年以上も前なんだけどね。じつはその人って、俺が喧嘩《けんか》して相手にナイフで刺された時に、その場へ駆けつけてくれた刑事さんなんだよ。今はもう、警察辞《や》めちゃってるんだけどさ」

はっきり言って、この時の静流の表情はかなり見ものだった。

金光の口調がいつもの軽いものだっただけに、その間違っても軽いとは言えない話の内容とのギャップについてこれなかったのか、理解不能とでもいうような混乱した顔つきで「はぁ？」と首を傾《かし》げた。

「だからね、高校生の時に喧嘩中に刺されて死にかかってさ。あ、まだ傷跡残ってるけど見る？」

いや、そういう問題じゃなくてと、静流の黒曜石《こくようせき》のように綺麗《きれい》な瞳《ひとみ》が訴えている。

「……おまえって、そんな修羅場《しゅらば》くぐってきてるようには全然見えないから、そーいう話いきなり聞かされたら普通は驚くだろ……」

パッと見は理系オタクくさいくせに、バリバリに文系の人間だし、犯罪マニアだったり、ホストのバイトしてたり……。

「俺って、底が知れないでしょ？」

「……自分で言うな」

呆《あき》れる静流に、アハハと楽しげに金光は笑った。

「まったく……。でも、元刑事ってことは、けっこう年上なんだろ？」

「うん、六つ上かな」

でも可愛《かわい》いんだよぉとデレデレした顔で続けた金光に、静流は訊《き》かなきゃよかったという顔つきになった。

「鼻の下のびてるぞ……」

「そりゃあもう幸せだからね。三年前は結局、遠くから見てるだけで終わった恋が、まさか偶然再会して成就《じょうじゅ》するなんて普通思わないじゃん」

いまだに、もしかしたら自分に都合のいい夢を見ているだけなのではないかと思うくらいである。

「へぇ、そうなんだ。三年越しかぁ……。それじゃあ、おまえが浮かれてても仕方ないかもな」

「まぁね。今度、静流ちゃんにはきちんと紹介するよ」

――あ、その前に、いちおうやっぱり肝心《かんじん》なことを言っておいたほうがいいかな……。

「だけど、元女刑事なんて、カッコいいよな。お姉さまって感じなのか？」

静流の口から出た『お姉さま』の一言に、思わず笑ってしまう。

ついでに、静流に「お姉さま」と呼ばれている由貴の姿を想像して、金光は危うくその場で鼻血を噴きそうになった。

――み、見てみたい。それも、かなり本気で……！

「か、金光……？」

困惑顔《こんわくがお》の静流に気づいて、金光は慌《あわ》てて緩《ゆる》んだ顔を元に戻した。

「ごめん、ちょっと想像したら楽しくて」

「楽しい？」

「あ、気にしなくていいから」

ますます困惑した様子の静流には申し訳なかったが、もう少し驚いてもらおうと、金光は笑いながら口を開いた。

「俺の恋人の名前だけど、久我山由貴さんっていうんだ。可愛《かわい》い名前だろ？」

そうだねと、素直《すなお》に頷《うなず》く静流に次の言葉を告げる。

「男の人なんだけどね」

「はぁ？」

今度こそ道の真ん中で立ち止まった静流は、信じられないというやや非難の目つきで金光を睨《にら》んだ。

「……冗談《じょうだん》じゃなくて、本当だよ」

「おまえって、マジで……」

底が知れないと、静流は結局、複雑な表情で溜《た》め息《いき》をついたのだった。

「でも、静流ちゃんなら、わかってくれると思ったんだけど？」

「ああ、わかるよ。わかるけどさ……。おまえが俺の驚く顔を見て楽しんでいるのもわかるから、ちょっとムカつく」

まったく……。

そうは言いながらも、「今度会わせろよな、絶対に」と笑ってくれる静流に、金光はホッとする。

「それじゃあ、今度Wデートしようよ」

しかし、その提案はあえなく静流の「それは遠慮《えんりょ》しとく」の一言で却下されてしまったのだった。

「なんなの？　昨日はいきなり休ませてくれと言いだしたかと思ったら、今日は二人揃《そろ》って真面目《まじめ》くさった顔しちゃって」

まだ開店準備も始まらないような時間帯に『シャドームーン』の事務所を訪れた金光と由貴の姿に、妙子は訝《いぶか》しげに柳眉《りゅうび》を顰《ひそ》めてみせた。

「……昨日はごめん。その、いきなり休んじゃって……」

「そう思うなら、今度からは当日に連絡をよこすのはなしにしてね」

溜《た》め息《いき》をつきながら目顔で二人を促し、妙子は応接室のドアを開けた。

「で、今日は何？」

「今日は、ちょっと妙子さんに聞いてもらいたいことがあるんだ」

傍《かたわ》らの由貴にも了解をとるように視線を向けると、神妙な眼差《まなざ》しで頷《うなず》いてくれる。

「何かしら、改まって？」

猫《ねこ》のようなしなやかな仕種《しぐさ》でソファーに腰かけた妙子に話の先を続けるようにすすめられて、金光はさすがにこれから話そうとしている話題が話題だけに、重い口を開いた。

「……じつは、『マサヤ』さんのことなんだけど、あの人、店に無断で出張ホストの真似《まね》事《ごと》をしてるらしいんだ……。それも、堂々とここの名前を印刷した名刺《めいし》に、連絡先だけは自分の携帯《けいたい》番号に代えて、お客さんから直接お金貰《もら》ってるって……」

当然、彼女にとっては寝耳に水の話に、「それは本当なの？」と妙子は険しく目尻《めじり》を吊《つ》り上《あ》げる。

「ええ、こちらがその件に関する調査報告書です。章弘くんから説明のあった名刺《めいし》のほうも、彼の顧客の一人から入手することができましたので、実物を添付してあります」

しかし、いきなりテキパキと慣れた口調で説明を始める由貴の姿には、妙子は驚いたように目を丸くした。

「……調査報告書ですって？」

由貴から差し出された書類を受け取り、その手元の書類と由貴の顔とを不審《ふしん》そうに見比べる。

「どういうことなのかしら？」

困惑《こんわく》したような問いは、由貴ではなく金光に向けられたものだった。

「うーんとさ、妙子さん覚えてないかなぁ」

「何をよ……？」

女優のように完璧《かんぺき》なメイクをほどこした顔を顰《しか》める叔母《おば》に、金光は自分が初めて由貴と会った頃のことを話した。

「俺が高校生の時に、喧嘩《けんか》で刺されて死にかかったことがあったじゃん」

「……覚えてるに決まってるでしょ。どれだけ私が心配したと思ってるのよ」

剣呑《けんのん》な瞳《ひとみ》で睨《にら》まれて、思わず反射的に「ごめんなさい」と謝ってしまう。

隣《となり》で由貴が笑っている気配に気づき、拗《す》ねたように唇《くちびる》を尖《とが》らせて年上の恋人の綺麗《きれい》な顔を横目で睨んだ。

「由貴さんは、怪我《けが》した俺に付き添って、救急車で病院まで運んでくれたその時の刑事さんだよ」

「なんですって⁉」

嘘《うそ》でしょう？　と、呆然《ぼうぜん》と由貴の顔を凝視《ぎょうし》する妙子に、由貴は申し訳なさそうに微笑《ほほえ》みながら「本当です」と答えた。

「……本当なのね？」

叔母《おば》の確認の言葉に金光が頷《うなず》くと、彼女はまるで頭痛を堪《こら》えるかのようにこめかみを押さえながら言ったのだった。

「……その節は、うちの馬鹿《ばか》な甥《おい》っ子《こ》が大変お世話になりまして……」

「あ、いえ。それが仕事ですし……」

こんな時に悠長《ゆうちょう》に挨拶《あいさつ》をしている妙子も妙子なら、それに真面目《まじめ》につきあう由貴も由貴だった……。

「二人とも、そんな昔のことはいいから、今の話をしようよ」

「まぁ、この子ったら！　迷惑《めいわく》をかけた当人のくせに、なんでそんなに偉そうなのかしら！」

まるで幼い子供を叱《しか》るような口調の叔母《おば》にがっくりしながらも、金光は強引に話を元に戻した。

「もう、いいから話の続きを聞いてよ。由貴さんね、今は刑事さん辞《や》めて探偵《たんてい》事務所に勤めているんだよ」

金光のことを聞き分けのない子供を見るような瞳《ひとみ》で見ていた妙子だったが、その台詞《せりふ》には「あら、そうなの？」と少し安心したような顔つきになった。

「私ったら、てっきり警察の潜入捜査《せんにゅうそうさ》か何かだとばかり……」

「俺も、最初はそう思ってたよ」

店に警察が入ったという噂《うわさ》が流れれば、これは当然店の信用問題にかかわってくる。妙子がホッとするのも当然のことだった。

「じつは、こちらで働いている『マサヤ』くんのことを調査してほしいという依頼《いらい》を、とある女性から受けたんです。彼女は、今から一か月ほど前に、それまで交際していた『荒《あら》俣久司《またひさし》』という名の男性に結婚詐欺《けっこんさぎ》にあい、現金二百万円を騙《だま》し取《と》られています」

「話の先は読めたわよ。その荒俣なんとかと、マサヤが同一人物だっていうのね？」

察しのいい妙子に、由貴は「はい」と頷《うなず》くと、先に渡したのとはまた別の調査報告書を彼女の前へと差し出した。

「こちらが、現在わかる限りの『マサヤ』くん、こちらでは本名を『深沢旬《ふかざわじゅん》』と名乗っている彼の、これまでの経歴です。偽名《ぎめい》は少なくとも五つ以上、結婚詐欺《けっこんさぎ》は過去に三度、勤めていた店の金を使い込んだことがバレて店をクビになった経験が二度……。おそらく、叩《たた》けばまだまだ埃《ほこり》は出てくることでしょうね。ただ、よっぽど悪運が強いのか、どれも刑事訴訟を免《まぬか》れてます」

淡々と、刑事をしていた頃の記憶《きおく》がないとは思えないほどに、見事な刑事口調で適切な説明を披露《ひろう》する由貴を、金光はカッコいいと思った。

――危なっかしいところもあるけど、こういうとこは、やっぱり社会経験の豊富な年上って感じだよなぁ。

そんな金光の少々場違いな感想はともかくとして、妙子からの質問を受けるかたちで由貴と彼女の会話は順調に進んでいったのだった。

「……お話はわかりました。マサヤには、即刻この店を辞《や》めてもらいます。いくら偽名を使用していたとはいっても、この店に入ってからの彼の行状に関しては、経営者である私の監督不行き届きですからね。まったく、女性に夢を売るのが仕事のはずのホストが、女性の夢を奪ってどうすんのかしら」

憤《いきどお》りに目尻《めじり》を吊《つ》り上《あ》げながら、妙子は疲れたように深い吐息をついた。

「とりあえず、依頼主《いらいぬし》である女性は彼を訴える気がないらしいので、このままだとこの店をクビになったとしても、彼はまた偽名を使って同じような悪事を繰り返すことでしょう。しかし、それはできるだけ避けたい事態なので、私どものほうでもなんらかの対策を練るつもりではいます」

状況《じようきよう》証拠《しようこ》だけでは警察が動かないことを身をもって知っている由貴は、わずかに悔しげに唇《くちびる》を噛《か》みながら俯《うつむ》いた。

「それなんですけど、そちらさえよろしければ、マサヤの顔写真入りの注意書きのようなものを、私のほうから同業者に配ろうかと思うんですけど。いかがかしら？」

妙子の提案には、金光も由貴も驚いた。

それでは、自分の店が被害にあったことを、ほかの同業者に暴露《ばくろ》することになる。経営者の面子《メンツ》はつぶれるし、そんな札付きのホストを雇《やと》い入《い》れていたのかと、陰口を叩《たた》く人間も中には出てくることだろう。

それを承知で、妙子はその提案を申し出たのかと、金光は叔母《おば》の何やら決意を秘めた眼差《まなざ》しを見つめながら問《と》い質《ただ》した。

「妙子さん、本当にそんなことしていいのか？」

「馬鹿《ばか》ね、面子なんかよりも大切なものが世の中にはあるのよ。言っとくけど、私はべつに金儲《かねもう》けのためだけにホストクラブを経営しているんじゃないの。もともと同じ女性として、普段は接客で疲れているだろう銀座《ぎんざ》のホステスたちや、一夜の夢を求めにやってくる女性たちが心の底から楽しめるような空間を提供したいと思って始めた店なのよ。彼女たちが安心して遊びにこられない店に意味なんてないのよ。見損《みそこ》なわないでちょうだい」

毅然《きぜん》と言い放つ妙子の姿に、我が叔母《おば》ながらなんて立派なと感動する。

「カッコいいなぁ、妙子さん」

「あたりまえよ！　私はこれから、店の信頼回復《しんらいかいふく》のために、これまで以上に頑張《がんば》るわ。言っとくけど、あなたにも当分は手伝ってもらうつもりだから、バイトを辞《や》めるなんて言うのはなしよ」

すでに、自分の思惑《おもわく》などお見通しだったらしい妙子に、金光は困惑したように「でも、俺のせいでほかのホストの士気が下がったらどうすんの？」と尋《たず》ねる。

「そこらへんは、トオルとカナメがどうにでもしてくれるわよ。それに、情けない話だけど、マサヤはあれで売れっ子の一人だったし、そこにNo.2のあなたにまで抜けられるのは、さすがに店としても痛いのよ。だって、久我山さんだって辞めちゃうわけなんでしょう？」

金光から自分のほうへと話の矛先《ほこさき》を向けた妙子に、由貴は申し訳なさそうな表情で「はい、それは……」と頷《うなず》いた。

「ね、章弘お願いよ。美人の叔母さんのために、ここは一肌脱《ひとはだぬ》いで。以前と同じ、週に三日出勤でいいから」

昔から実の母親以上に自分の面倒を見てくれている妙子に、両手を合わせてお願いされては、金光も無下《むげ》に断ることはできなかった。

「……はぁ、もう仕方ないなぁ。俺が苛《いじ》められたら、助けてくれるんだろうね？」

それでも、いちおう皮肉の一言も言っておこうかと思ってそう呟《つぶや》けば、亀《かめ》の甲よりも年の功とはよく言ったもので、やはり妙子のほうが一枚上手だった。

「あら、そんな心の狭い奴《やつ》は、警察沙汰《けいさつざた》にならない程度にぶっ飛ばしちゃってもいいわよ。私が許してあげる。ただし、顔は殴《なぐ》っちゃ駄目《だめ》よ」

相変わらず、なんとも豪快《ごうかい》な叔母《おば》の一言に、金光は今度こそ反論する気力もなくして「わかりました」と肩を落としたのだった。


「おまえの叔母さんだけあって、なかなか気概《きがい》のある女性だな」

「だから、いつまでたっても嫁《よめ》の貰《もら》い手《て》がないんだよ」

その場に妙子がいたら、まず間違いなく愛（？）の鉄拳《てっけん》が飛んでくるようなことを呟きながら、金光は何やら不安げな表情で壁際《かべぎわ》に立っている由貴をソファーの上から手招きした。

「心配しなくても大丈夫だよ。妙子さんは俺と同じで、極真空手《きょくしんからて》の有段者だからね。あんな優男《やさおとこ》の一人や二人、その気になったら半殺しにできるよ」

「……え、そうなのか？」

由貴が気にかけているのは、今頃事務所のほうで『マサヤ』にクビの宣告をしているだろう妙子のことだった。

金光とて、最初は一緒《いっしょ》にその場に立ち会うつもりだったのだが、妙子から「あなたがそばにいたら、よけい話がこじれそうだからけっこうよ」とキッパリと断られてしまったのである。

それなら自分がと由貴が申し出たが、それに対しても「あとあと面倒なことにならないように、情報の出所を彼に知られないほうがいいでしょう」と、これも丁寧《ていねい》に辞退されてしまったのだった。

そんなわけで、結局二人とも金光の個室で妙子と『マサヤ』の話が終わるのを、こうして手持ち無沙汰《ぶさた》に待っているのだった。

「それよりも、せっかく二人きりなんだからそばに来てよ」

色の含んだ声と眼差《まなざ》しで手を伸ばすと、由貴は「こんな時に何を考えているんだ」と目《め》尻《じり》を紅《あか》く染めながら俯《うつむ》いた。

「そんなの由貴さんのことに決まってるじゃん」

個室には、内側から鍵がかかるようになっている。

というわけで、余計な邪魔《じゃま》がいきなり入るような危険が、この部屋にはないのだった。

これを利用せずに、どうしろというのだと、金光は由貴が手を取ってくれないので、仕方なく自分から立ち上がってその手を取った。

「章弘……」

咎《とが》めるように自分の名を呼ぶ唇《くちびる》を、己のそれでわざとゆっくりと塞《ふさ》ぐ。

「……駄目《だめ》だと言ってるだろ……」

しかし、無粋《ぶすい》な指に途中でキスを遮《さえぎ》られて、金光は不満げな眼差《まなざ》しになりながらも、その白い指の狭間《はざま》に舌を這《は》わせた。

ビクリと驚いて今度は指を離そうとする由貴を許さずに、スラリと長い中指に軽く歯を立てる。

「……お願いだから」

やめてくれと、潤《うる》んだ瞳《ひとみ》で哀願されて、その顔は逆効果だと金光は苦笑した。

「心配しないでよ。いくら俺でも、三日連続であなたに無理をさせる気はないよ」

一昨日《おととい》、初めて抱いた時の由貴は奔放《ほんぽう》で積極的だったが、昨日の由貴は前日とはうってかわってストイックで初心《うぶ》だった。

人格が二つあるからだろうか……？

どちらの由貴も、同じ由貴には変わらないはずなのに、反応も自分を見つめる眼差しの色も違うから、触れるたびに新鮮な気がして煽《あお》られる。

「……どうして、そういうことを……」

簡単に口に出すのだと、顔を紅《あか》くしたままで怒ったように呟《つぶや》く由貴に、あんまり意地悪をすると本気で嫌われてしまいそうだったので、金光は名残惜《なごりお》しげに恥ずかしがりやの恋人から身体《からだ》を離した。

「ごめんね、意地悪して」

――反省するから、嫌わないでね。

自嘲《じちょう》するように金光が笑うと、由貴はハッとした表情で「そんな嫌うなんて」と慌《あわ》てて首を左右に振った。

「……すまない。俺は、その……。あまりこの手のことが得意じゃなくて……」

「由貴さん？」

「……雰囲気《ふんいき》とか読むのも下手《へた》くそで、それでいつもつきあっていた女性にもふられてしまうんだ」

意気消沈したように落ち込んだ表情になる由貴に、金光は慌てて彼を励《はげ》ますように明るい笑顔《えがお》を作った。

「そんな、由貴さんの魅力《みりょく》がわかってない女なんて、別れて正解だよ。由貴さんが悪いわけじゃないんだから、あんまり気にしないでね」

いったい自分は何を言っているのかと、少しばかり混乱しながらも、金光は必死に由貴を元気づけようとした。

「……いや、彼女たちのことはもう気にしてない。こんなことを言ったら罰《ばち》があたるかもしれないが、俺が今までに自分から望んでつきあった相手はおまえだけだから……」

「うわ、それってマジで？」

頑《かたく》なかと思えば、不意にこんな爆弾発言をしてくれたりもするから、由貴には本当に敵《かな》わないと思う。

「ああ……。だから、おまえにだけには、つまらないとか思われたくないんだ……。すまない、我《わ》が儘《まま》なことを言ってるな……」

色素の薄い長い睫毛《まつげ》を震わせながらそんなことを言うくせに、いざ触れようと指を伸ばせば、また怯《おび》えたように逃げようとするのだろう。

まったく、翻弄《ほんろう》されていると思う。

「つまらないなんて、俺は由貴さんのことなら、一日二十四時間見てても飽きない自信があるよ」

「……だったらいいんだが」

本気で信じていないような口ぶりに、そこまで不安なら身体《からだ》でわからせてあげようかと、いささか凶暴な気分になる。

——落ち着け、俺。そうだ、心の中でゆっくり数でも数えてみよう。

そう考えて、真剣に金光が数を数えかけた瞬間《しゅんかん》、部屋の外が急に騒がしくなったことに気がついた。

大声で言い争う声に、何やら力任せに物を蹴《け》る音、ザワザワとした不穏な空気……。

やはりその気配に気づいたらしい由貴が、さっきまでの心許《こころもと》ない表情を一瞬にして拭《ぬぐ》い去《さ》ったかと思うと、「章弘、行くぞ！」と叫《さけ》んで、金光の答えも聞かずに部屋から飛び出して行ってしまう姿を呆然《ぼうぜん》と見送る。

「……やっぱり、なんだかんだ言っても刑事の血が残ってるんじゃないの？」

そうして、思わずそんなことを感心しながら呟《つぶや》いてから、金光もようやく由貴の後を追って部屋を飛び出したのだった。


騒ぎの場所は、ホストたちの更衣室だった。

「なんの騒ぎですか？」

まだ開店まで時間があるので、いつもなら着替え中のホストたちで賑《にぎ》わっているはずの部屋が、今は突然の出来事に騒然となっている。

「あ、章弘さん、マサヤさんが……！」

ドアを開くと、金光の姿を認めたショウが泣きそうな顔で駆け寄ってきた。

「畜生《ちくしょう》！　どいつだ！　どいつが、俺のことをあの女にちくりやがったんだ！」

部屋の真ん中で大声で叫びながら、目を血走らせて暴れてるのは案の定『マサヤ』だった。

妙子にどんなふうにクビを言い渡されたのかは知らないが、キレてしまっていることだけは確かである。

いつもは気障《きざ》ったらしいほどに外見に気を遣《つか》う彼が、今は髪を振り乱し、暴れる彼を止めようとしたほかのホストたちと揉《も》み合《あ》ったせいか服装も乱れて、まるで悪鬼《あっき》のような形相《ぎょうそう》をしている。

「落ち着け、マサヤ。俺たちは、何も知らない」

「嘘《うそ》をつけ！　誰かが、誰かがバラしたんだ！　それじゃなきゃバレるわけがないのに！」

どうやら、『マサヤ』を宥《なだ》めているのはカナメらしく、金光から見える範囲にはトオルの姿は見あたらなかった。

「……畜生《ちくしょう》！　どいつが、どいつが俺を……！」

「自業自得《じごうじとく》じゃないのか。きみがこれまでにしてきたことを思えば、警察に突き出されないだけ良しとすべきだと思うがな」

部屋の中に響き渡るような、凜《りん》とした怜悧《れいり》な声に、一瞬《いっしゅん》あたりが静まり返る。

「違うか？」

腕組みをしながら、綺麗《きれい》な琥珀色《こはくいろ》の瞳《ひとみ》に侮蔑《ぶべつ》の色を浮かべて、由貴はゆったりとした足取りで『マサヤ』の前に立つとそう尋《たず》ねた。

　その由貴の言葉と姿に、一瞬《いっしゅん》圧倒されていた『マサヤ』が我に返って、「てめぇの仕《し》業《わざ》か！」と怒鳴《どな》る。

「くそっ！　最初から、その妙にすかした面《つら》が気に入らなかったんだ！」

　そう叫《さけ》ぶと、カナメやほかのホストたちの腕を振り切って、『マサヤ』は由貴に殴《なぐ》りかかろうとした。

　が、その振り上げた拳《こぶし》は残念ながら由貴には届かずに、不機嫌な表情をした金光の腕で捻《ひね》り上《あ》げられていたのだった。

「いたっ、てめぇ、放しやがれ！」

「駄目《だめ》ですよ。放したら、また由貴さんのこと殴ろうとするでしょう？」

　――そんなこと、俺が許しません。

　毅然《きぜん》とそう言い切ると、背後で由貴が顔を赤らめながら頭を抱える気配がした。

「畜生《ちくしょう》！　そうか、てめぇもグルだな！　俺がおまえに突っかかるのが面白《おもしろ》くなくて、身内の強みであの女に俺をクビにするように言ったんだろ！　そうなんだろ！　違うか！」

「あぁ、ごちゃごちゃ煩《うるさ》い」と、普段は温厚を自認している金光も、『マサヤ』の往生《おうじょう》際《ぎわ》の悪さにはいいかげんキレてしまった。

なので、片腕を捻《ひね》り上《あ》げたままで、近くにあったロッカーに乱暴に『マサヤ』の背中を押し付けると、思い切り片膝《かたひざ》を振り上げたのだった。

ガシャン!!

『マサヤ』を押し付けていた場所の隣《となり》のロッカーが、見事に一撃《いちげき》で半壊して、ひしゃげた戸がガランと音を立てて床へと転がる。

周囲にいた人間がいっせいにゴクリと息を呑《の》み込《こ》む中で、蒼白《そうはく》な顔でカタカタと震えている目の前の小悪党に、金光は冴《さ》えた瞳《ひとみ》の中に凶暴な炎をちらつかせながら低く囁《ささや》いたのだった。

「人がおとなしくしてるからって、つけあがってんじゃねぇぞ。次はてめぇの腹に打ち込んでやろうか?」

ブルブルと必死で首を振る男に冷めた一瞥《いちべつ》を投げてから、金光はようやく腕を解放してやった。

途端にその場に崩れ落ちた『マサヤ』は、どうやら金光の迫力に腰を抜かしたらしかった。

チッと舌打ちをしてから由貴のほうを振り返ろうとした金光に、途端にこの場の緊張した空気にそぐわない能天気な声が「ブラボー!」とかかる。

声のした方向に、いまだ鋭さを残した瞳を向ければ、いつの間に来たのかパチパチと楽

しげに拍手《はくしゅ》をしているトオルと視線が合った。

「噂《うわさ》には聞いてたけど、さすがだね。極真空手二段だったっけ?」

トオルの屈託《くったく》のない台詞《せりふ》に、周囲のギャラリーがさっきよりさらに自分から遠巻きになるのがわかる。

——この人、絶対にわざとだな……。

「そういうトオルさんだって、大学時代ボクシングの学生チャンプだったんでしょ? 俺よりも、本気になったらきっとあなたのほうが強いと思いますけどね」

「さぁ? 若いぶん、俺はきみのほうに分があると思うけどな」

ニコニコと、互いに笑顔《えがお》の裏で牽制《けんせい》しあっていたら、金光の背後で盛大な溜《た》め息《いき》をついたカナメが、「ようするに、うちのNo.1とNo.2には逆らうなってことだな」とその場を強引にまとめてくれた。

「さぁ、みんな。開店時間が近いわよ、早く用意をしてちょうだい」

そこへ、おそらくは騒ぎがおさまるのを部屋の外で見計らっていたのだろう妙子が、絶妙のタイミングで姿を現し声をかけるのに、ようやくその場に固まっていた誰もが正気づいたように動きだしたのだった。

「トオルとカナメは、マサヤに手を貸してやってちょうだい。ほかの皆は通常どおり仕事についていいわ。それから章弘、そのロッカーの修理代はあなたの給料から引いておくから覚えておいてね」

どうぞご勝手にと、抜け目のない叔母《おば》に肩を竦《すく》めて金光は自分の個室へと戻る。

「章弘……」

心配げな様子で後を追ってきた由貴を振り返り、「俺は大丈夫だよ」と笑いかけると、なぜか泣きそうな瞳《ひとみ》で「すまない」と謝られた。

「なんで由貴さんが謝るの？」

本気で謝られる理由がわからなくて首を傾《かし》げると、「俺が余計なことをしたせいで」と由貴は唇《くちびる》を噛《か》んだ。

ようやく、由貴が何を気にしているかわかって、金光は「なんだ、そんなこと気にしてたの？」と笑った。

あんなふうに力を誇示《こじ》して見せたことで、金光のことを敬遠《けいえん》するホストが増えるのではないかと、由貴は心配しているらしかった。

「いいんだよ。少しくらい派手に脅《おど》しておいたほうが、イジメにあうこともなくて楽だと思うしさ」

実際、少しばかり気が晴れたのも確かだった。

「でも、俺があそこで余計な口を挟《はさ》まなければ、おまえもあんなふうにロッカーを壊すこともなかったと思うんだ」

なんとなく、微妙に論点がずれているような気もしたが、この際深く追及するのはやめることにした。

代わりに、「そんなに俺に申し訳ないと思ってるんなら、由貴さんからのキス一つで許してあげるよ」、なんて自分に都合のいい願いを口に出してみたりする。

また恥じらったり怒ったりするのかと思っていたのに、今度は予想に反して、神妙な顔で由貴は「わかった」と頷《うなず》いたのだった。

そのまま、金光が望んだとおり、自分のほうから目を閉じて唇《くちびる》を寄せてくるから、まったくこの人ときたらと降参するしかなかった。

——反応が読めない。だから、目が離せない……。

「なんか、ようやく終わったね……」

キスの合間にそう囁《ささや》くと、由貴は綺麗《きれい》に笑って「そうだな」と頷いた。

「……毎日会えなくなるのは残念だけど、俺も来週から元の週三日のバイトに戻るから、バイトが休みの時は会いに行ってもいい？」

「ああ、今度はちゃんとした手料理を食べさせてやるよ」

やった！　とはしゃいだ声をあげた金光は、まさにこの時幸福の絶頂で、じつはまだ何も終わってなんかいないことに気づいていなかったのだった。

STAGE 4

由貴《ゆき》の記憶《きおく》は現在、大学を卒業した直後からの、およそ二年のあいだが空白になったままだった。

その空白の二年間に、自分が警視庁《けいしちょう》で刑事として過ごしていたことを教えてくれたのは、大学からの友人で当時同僚《どうりょう》でもあった柊《ひいらぎ》だった。

「……慶二郎《けいじろう》？　俺はこんなとこで何してるんだ……？」

「お、ようやく目が覚めたな」

目覚めた時、由貴は自分が病院のベッドの上に寝かされていることを知って驚いた。慌《あわ》てて起き上がろうとしたが、なぜか頭が割れるように痛んで、半身を起こしかけて途中で挫折《ざせつ》する。

おそるおそる頭に手を当ててみると、そこには包帯が巻かれていて、どうやら自分が怪《け》我《が》をしているらしいことがわかった。

けれど、由貴には自分がそんな怪我《けが》をした記憶《きおく》がないのだった。

だから、枕元の椅子《いす》に腰かけて心配そうに自分の顔を覗《のぞ》き込《こ》んでいた親友に向かって、

「これはどういうことなんだ?」と訝《いぶか》しげに尋《たず》ねる。

「なんだ、おまえ……。官舎の前で暴漢《ぼうかん》に襲われたんだぞ。覚えてないのか?」

由貴以上に訝しげな様子で柊に尋ね返されて、由貴は困惑《こんわく》したように首を左右に振ったのだった。

だいたい、暴漢に襲われたのはともかくとして、『官舎』というのはなんのことだと思う。

けれど、そんな由貴の困惑をよそに、柊は事の顚末《てんまつ》を真面目《まじめ》な顔で淡々と話し始めたのだった。

柊の話はこうだった。

事件は、冬の冷たい雨が降りしきる昨日の夜に起こった……。

場所は警視庁の官舎前の路上で、由貴は背後から不意に金属バットを持った青年に襲われたらしかった。

犯人の青年は重度の薬物中毒者で、半年ほど前に街中で不審《ふしん》人物者として由貴によって逮捕されており、警察病院に送られていた。

しかし、病院を脱走し、自分を逮捕した由貴を逆恨《さかうら》みして、官舎の前で待ち伏せて金属

バットで由貴のことを襲撃したらしかった。

そう柊が自分の枕元で説明するのを、由貴はベッドの上でぼんやりと薄汚れた病室の天井を眺《なが》めながら、呆然《ぼうぜん》とした気持ちで聞いていた。

そんな由貴の様子を、事件のショックで茫然自失《ぼうぜんじしつ》しているとでも思っているのか、柊はやや声音を和らげながらも、さらに由貴の記憶《きおく》にはまったくない話を続けたのだった。

——逮捕した俺を逆恨《さかうら》みしてってのは、いったいなんなんだ？　俺は、いつの間に刑事になってるんだ？

まるで、質《たち》の悪い冗談《じょうだん》か、もしくはどこか異次元にでも突然迷い込んでしまったような、そんな不安な気持ちでいっぱいだった。

「襲われたおまえを助けたのは、通りがかった高校生くらいの少年だ。武道でもやってるのか、犯人を一撃で昏倒《こんとう》させてたよ。もしかすると、おまえとは顔見知りなのかもしれないと俺は感じたが、おまえに心当たりはないのか？」

柊の質問に、その時の由貴は首を左右に振ることしかできなかった。

そんな事件にあっても、自分はその事件の当事者らしいということも実感できないというのに、いったい何を答えることができるというのだろうか？

答えなど、ほかにあるわけはなかった。

「そうか……。名前も告げずに、おまえのことを俺に頼《たの》んでいなくなっちまったが、あの少年がいなかったら、もしかするとおまえはこの程度の怪我《けが》ではすんでいなかったかもしれない。どちらにしても、命の恩人には感謝しなければな」

——命の恩人、か……。

自分を助けたという恩人であるはずの少年はもとより、自分を襲ったのだという青年のことさえも由貴は覚えていなかった。

それどころか、己がどうやら大学を卒業して、すでに刑事として働いているらしいことも、由貴の記憶《きおく》にはまったくなかったのである。

それは、ぼんやりと頭の中が霞《かすみ》がかかったようで、その中を手探《てさぐ》りで歩いているようなひどく心許《こころもと》ない感覚だった。

どんなに思い出そうとしても、由貴がこの時覚えていた『最後の記憶』は、大学の卒業式の後に、柊やほかの学友たちと飲んで大騒ぎしていた時のもので、柊の説明してくれた、『官舎の前で暴漢《ぼうかん》に襲われた自分の記憶』などではなかった。

だから、いつにない真剣な様子の友人の言葉が、すべて彼お得意の少し質《たち》の悪い冗談《じょうだん》であればいいのにと、由貴はこの時心の中で真剣に祈っていたのである。

けれど、記憶はなくても、柊が冗談を言っているわけではないことだけは、皮肉にもこの時の由貴にも理解することができたのだった。

だから、目覚めてからずっと、黙って友人の説明を聞いていただけだった由貴は、ここで思い切ってその事実を友人に告白する覚悟を決めたのである。

「……何も覚えてないいんだ、慶二郎……」

柊は、当然のように訝《いぶか》しげな表情になった。

「え？」

「事件のことだけじゃなくて、大学を卒業して刑事になってからのことを、何も覚えてないんだ……」

淡々と、その事実を告げる自分の声が、まるで他人の声のように由貴の耳には聞こえていた。

「……！」

由貴の台詞《せりふ》の意味を理解した途端に、柊はものも言わずにガタン！　と後ろに椅子《いす》を引っ繰り返したままで病室を飛び出していった。

おそらく、この事態を医師に報告しに向かったのだろう……。

――これから、俺はいったいどうなってしまうのだろうか？

由貴は柊が医師を連れて戻ってくるまでのあいだに、自分が忘れてしまった刑事としての日々の中で出会っただろう人たちのことを考えていた。

中には、自分を襲った青年のように、自分に恨《うら》みを抱いている相手もいれば、それなりに好意を抱いてくれた人間もいたのかもしれない。

たとえば、自分を助けてくれたのだという、少年のように……。

そのどちらをも、等しく忘れている今の自分自身に、由貴はここへきて、ようやく『恐怖』を覚えた。

もしかすると、自分はほかにもたくさん大切なことを忘れてしまっているのではないのだろうか？

仕事のことや、誰かとの約束のことや……。

大切な、本当は絶対に覚えていなければならないはずのことを、すべて忘れてしまっているのではないのか。

このまま記憶《きおく》が戻らなければ、いったい自分はどうすればいいのだろう？

急激に襲ってくる不安に、由貴は心の中で「助けて」と悲鳴をあげていた。

人の気配のない、しんと静まり返った病室の中にいると、自分一人だけがこの世の中に取り残されているような、そんな寂《さび》しさを感じる。

――誰か、この不安から俺を助けて……！

誰でもいいから、俺の不安を取り除いてほしい。

お願いだから……。

『わかったよ。その不安、俺が肩代わりしてあげるね』

瞬間《しゅんかん》、『誰か』が『自分の頭の中』で応《こた》えるような、そんな妙な感覚が由貴を襲った。

「……え？」

いまの感覚は、いったいなんだったのだろうか？

「気の、せい……？」

それとも、ただの空耳？

由貴が自分の中に、もう一人の『自分』が存在していることに気づくのは、それからしばらくたってからのことだった。


病院のベッドで目覚めた時、記憶《きおく》をなくすきっかけとなった事件のことさえも覚えていなかった由貴に、田舎《いなか》の両親はすぐに警察を辞《や》めて実家に戻ってこいと言ってくれた。

それというのも、三人兄弟の末っ子である由貴を、両親は特別可愛《かわい》がってくれていたし、彼が刑事になることにはもとよりあまり賛成していなかったからである。

こんな危険な目にあったとなれば、それはなおさらで、すぐにでも警察を辞めたほうがいいと、病院に見舞いにきた途端に口々に両親は由貴へ哀願したのだった。

由貴自身も、いったんは田舎に帰ることも考えたのだったが、なくした記憶をそのままに警察を辞めれば、あとあと絶対に後悔をするような気がして、もう少しだけ頑張《がんば》ってみようと考え直した。

運がいいのか悪いのか、外見的な怪我《けが》は軽症で、一週間もすれば病院を退院して現場に復帰することができるようになった。

けれど、体力的には問題がないのに、刑事として過ごしたこれまでの二年間の記憶《きおく》を忘れてしまっている由貴には、やはりすぐに現場の仕事の勘《かん》を取り戻すのは大変だった。

それでも、もう一度新人からやり直すつもりで仕事をしていれば、やがて慣れるだろうと由貴自身も周囲もまだ少しは楽観していたのである。

由貴の、内面的な傷が、記憶障害《しょうがい》のほかにもまだあるということに最初に気がついたのは、現場に復帰した由貴のサポート役を務《つと》めていた柊だった。


「由貴、おまえなんかこう、いつもと雰囲気《ふんいき》が違わないか？」

なんというか、まるで子供のように楽しそうに見える。

そう、妙な表情で尋《たず》ねる友人に由貴は、否《いな》、『由貴』は無邪気《むじゃき》な口調で、「ようやく表に出てこられたから」と言って笑った。

「……由貴？」

訝《いぶか》しげに眉《まゆ》を寄せる友人に、あまりにも辛《つら》そうだったから、自分が代わってあげたのだと、『由貴』は表情を翳《かげ》らせながら呟《つぶや》いた。

「普段の俺は生真面目《きまじめ》すぎて、適当に息を抜くことも忘れて突っ走っちゃうから、だからたまには息抜きさせてあげたくて、『俺』が出てきちゃったんだよ」

――だって、本当は平気なんかじゃないんだよ。毎日、不安で、不安で仕方ないくせに、強がって平気なふりをしているだけなんだ。

子供のような素直《すなお》な口調でそう訴えた『由貴』に、柊は表情を和ませると、言葉少なに「そうか……」と言って彼を病院へと連れていったのだった。

その病院で、由貴の担当である初老の精神科医は、柊に伴われて診察に訪れた由貴をそう診断したのだった。

「まぁ、ある種の多重人格症ですね」

記憶障害《きおくしょうがい》の件もあって、由貴は定期的に病院に通っていた。

「人格が交代したのは、今回で何度目かな？」

「今日が初めてです」

普段のどこか張り詰めたような生真面目《きまじめ》な口調ではなく、柔らかな少しいとけないような口調で、『由貴』は医師の質問に答えた。

「きみが表に出ている時は、もう一人の彼はどうしているんだね？」

「少し、奥のほうで休んでますけど。俺の言動は全部見えてると思います。俺自身もそうでしたから」

「……ということは、人格が交代しているあいだの記憶もあるってことなのかな？」

はい、と素直に頷《うなず》く『由貴』を、柊は複雑な視線で見守っていた。

今思えば、この時すでに柊は警察を辞《や》めて、探偵《たんてい》事務所を設立することを考えていたのかもしれない。

記憶障害《きおくしょうがい》と同様に、あくまでも一時的なものだろうと判断されたその症状は、確かに表向きにはさほど日々の生活に支障をきたすほどのものではなかった。

けれど、それからまもなく本庁勤務から都内のほかの所轄《しょかつ》へと異動が決まった時、由貴は自分はもうここでは必要とされていない人間なのだと自覚したのだった。

——こんな精神的に不安定な人間など、もう最前線では使えないか……。

それでも、記憶を失った自分も、もう一人の人格を持った自分も、由貴自身であることには変わりなくて……。

厄介《やっかい》で不安で辛《つら》いと思いながらも、こうなればとことんつきあっていこうと覚悟を決めて、由貴は異動先で半年ほどは自分なりに頑張《がんば》ったのだった。

けれど、このままではやはり周囲に迷惑《めいわく》をかけるだけだからと、結局、由貴は刑事を辞めることを決意した。

田舎《いなか》の両親の説得にも応じずに、あんなに気負って仕事を続けていたはずなのに、結局はこれが自分の限界なのかと思うと、ひどく情けなかった。

それでも、とりあえずは柊にだけは自分が警察を辞めることを決心したことを告げなければと、由貴は何かと病院を退院してからも世話になっている友人の部屋を、仕事が終わったあとで訪問したのだった。

「……で、警察辞《や》めてからはどうするつもりなんだ？」

「いや、それはまだ考えてない。辞めたあとにでも、少し一人でゆっくりと考えてみるさ。いざって時は田舎《いなか》に帰ればすむことだしな……」

そう、何も考えてはいなかった。

もしかすると、どうしようもない『現実』から、ただ逃げ出したかっただけなのかもしれない。

そんな由貴の、無意識に途方にくれたような表情になっている姿に苦笑を浮かべて、柊は「だったら……」と言ったのだった。

「俺も警察辞めて、探偵《たんてい》事務所開くことにしたから、おまえはそこを手伝え」

もちろん、友人の言葉に由貴はこの時は半信半疑だった。

いくら学生時代から少々破天荒《はてんこう》なところのあることで有名だった柊でも、いきなり警視庁勤務を辞めて、探偵になるとは思えなかったからである。

けれど、驚いたことには柊は本当にあっさりと、その翌日に由貴よりも先に辞職願いを提出すると、警察を辞めてしまったのだった。

——嘘《うそ》だろ……？

そうして、呆然《ぼうぜん》とする由貴をよそに、一人息子に甘い資産家の両親から数千万を融資してもらって、柊は宣言どおり警察を辞《や》めたわずか一か月後には、探偵《たんてい》事務所の所長におさまっていたのである。

「どうせ探偵になるなら、俺はホームズのような名探偵を目指す！　いや、金田一《きんだいち》、もしくは明智《あけち》でも可だ！」

「……わかったよ。俺はおとなしく、ワトソンでも小林《こばやし》少年にでもなればいいんだろ」

どこまで本気かわからない柊に引《ひ》き摺《ず》られて、気がつけば由貴も刑事から探偵助手（？）となって現在に至《いた》るというわけである。

でもじつは、なんとなく照れくさくて面と向かって礼を言ったことはなかったが、由貴は柊に感謝していた。

言動の半分くらいが冗談《じょうだん》のような友人だったが、柊がいきなり警察を辞めて探偵事務所を設立した理由の中には、確実に由貴のことを思いやっての行動が含まれていることを、いくら鈍い彼でも気づいていたからである。

なぜそこまで親身になってくれるのか、尋《たず》ねたところで柊のことだからふざけてはぐらかすことは明白で……。

友人が、あれで存外シャイなことも知っているから、由貴は気づかないふりで彼の厚意を受け入れることにしたのだった。

——もしかして、もう俺は一生このままなのかもしれないな……。

なくした記憶《きおく》を取り戻すことを半ば諦《あきら》め、時折顔を覗《のぞ》かせるもう一人の『自分』ともどうにか折り合いをつけて……。

ふと気づけば、警察を辞《や》めて二年の月日が経《た》っていた。

あの日、笹島茉莉《ささじままり》が事務所に依頼《いらい》に現れずに、由貴が『シャドームーン』に潜入《せんにゅう》調査に向かわなければ、それからもまた、さして代わり映えのない諦めの日々が続いていたのかもしれない。

けれど、どんな運命の悪戯《いたずら》だったのか、由貴は金光章弘《かねみつあきひろ》に出会ってしまった。

自分がこんな状態に陥るすべての元凶《げんきょう》であった三年前の事件で、由貴を暴漢《ぼうかん》から助けて名前も告げずにその場を去った命の恩人である彼と、今になって偶然出会ってしまったのである。

金光は、長身でハンサムなうえに快活で心優しい青年で、困ったことには同性の由貴の目から見てもかなり魅力的《みりょくてき》な人間だった。

それでなくても、命の恩人だという当初の刷り込みのせいで、彼には最初から無条件に好意を抱いていたというのに、会うたびに金光が優しくしてくれるから、気がつけばどんどん由貴は彼に惹《ひ》かれていた。

自慢《じまん》にもならないが、少々普通よりも人目を惹く見た目のせいで、昔から女性だけではなく同性からもアプローチを受けることが少なくなかった由貴である。

しかし、同性相手に、こんなふうに落ち着かない気持ちを抱いたのは、誓って二十六年の人生の中で初めての経験だった。

――わかっている。自分でもおかしいことくらい……。

刑事だった時の記憶《きおく》を失っていることを知っても、じつは由貴が多重人格症を併発していると知っても、金光の態度はその前と少しも変わらずに優しかった。

六つも年下のくせに、自分を甘やかすことに長《た》けている彼のことを、由貴はどうやら自分が好きになりかけているらしいことに最初に気がついた時は、やはり動揺《どうよう》した。

だが、少しばかりの戸惑《とまど》いを抱きながらも、それでも自分の正直な気持ちを由貴は受け入れようと思ったのだった。

どちらかといえば、頑固《がんこ》でモラルにうるさい由貴にとっては、ずいぶんと思い切った決断だったように思う。

――いや、誰かを好きになること自体あまりにも久しぶりだったから、少し浮かれているのかもしれないな……。

金光も、自分に好意を寄せてくれていることはなんとなくわかっていたのだが、だからといって、どうすればこの年下の青年を上手に手に入れることができるのか、由貴には皆目見当《かいもくけんとう》もつかなかった。

それでなくても、自分は色恋には疎《うと》くて不得手《ふえて》と自覚しているというのに、相手はよりにもよって年下の同性なのである。

どうやって自分からアプローチをすればいいかもわからなくて、もう面倒くさいから金光のほうから勝手にどうにかしてくれないだろうかと、かなり他力本願なことをひそかに考えていたりもしたのだった。

——何も余計なことを考えられないくらい、勢いで流されてしまえるような感じだと楽なのに。

こんなふうに考えてしまうズルイ自分の一面を、金光はきっと知らない。

それに、無意識に煽《あお》らないでとか、本当に意味をわかって言ってるのかとか、時々金光に困惑《こんわく》したように言われる台詞《せりふ》の数々を、自分が本当は理解していたのだと知ったら、あの年下の青年は怒るだろうか？

彼を動揺《どうよう》させているのが己だと考えると嬉《うれ》しかったのだと、気づかれたら軽蔑《けいべつ》されて呆《あき》れられてしまうかもしれない……。

だから、内緒《ないしょ》にしておこう。

生真面目《きまじめ》で初心《うぶ》だと思っていてくれるから、金光が望んだとおりに自分は振る舞う。

六年だけ長く生きているぶん、やっぱり自分はズルイのかもしれない。

けれど、結局最初に行動を起こしたのは、もう一人の『自分』のふりをした由貴のほうだった。

由貴が金光を気に入ったように、もう一人の『由貴』も彼のことを気に入っていた。奔放《ほんぽう》で無邪気《むじゃき》で情熱的……。

なんとなく内心では、普段の自分とは正反対のもう一人の『自分』に先を越されるのは悔しいとでも無意識に思っていたのかもしれない。

だからあの夜、自分であって自分でない『彼』のふりを由貴は演じた。

そして、普段の由貴なら絶対にできないようなストレートな言動で金光を誘い、望みどおり由貴は彼を手に入れたのである。

——俺の愛情で、おまえを満たしてあげる。

そう言って……。

それでも、最初はそれほど気にならなかったのだ。

初めて『由貴』を演じて金光に抱かれた翌日に、今度は自分自身のままで再び金光に抱かれたが、「なんか、昨夜《ゆうべ》との反応の違いが新鮮だね」と年下の恋人に言われた時も、さほど気にしていなかった。

その後も何度か、由貴はもう一人の奔放な『由貴』を演じて金光に抱かれていたのだが、金光はその事実にまったく気づいていないらしかった。

「俺は、どんな由貴さんも全部好き。だから、どっちの由貴さんのことも同じくらい好きだよ」

晴れて両思いになって、恋人同士になってからも、金光はその言葉どおりどちらの由貴に対しても優しかった。

それでべつにかまわないと思っていたはずなのに、否《いな》、そんなふうに自分を愛してくれる金光を嬉《うれ》しいと思っていたはずなのに……。

いつの間にか、『同じくらい好き』では我慢できなくなっていた。

金光は気づいていなかったが、彼は一度も人格を交代した後の『由貴』のことを抱いたことがなかった。

彼が抱いているのは、普段の生真面目《きまじめ》で少し初心《うぶ》な由貴と、あくまでも由貴が演じている奔放《ほんぽう》で情熱家の『由貴』だった。

なのに金光は、当たり前のように『どちらも好き』と言うのである。

セックスをしている由貴も、してない由貴も、どっちも同じくらい好き。

金光にしてみれば、本当のことを知らないのだから当然の理屈《りくつ》かもしれない。

それに理不尽《りふじん》さを感じている自分が、きっとおかしいのだろう。

けれど、どちらも自分自身だというのに、『彼』よりももっと自分を愛してほしいと思うように由貴はいつの間にかなっていた。

自業自得《じごうじとく》だとはわかっていたけれど、奔放に振る舞う自分も、物慣れないように身体《からだ》を硬くする自分も、同じ自分なのだと早く気づいてほしかった。

——早く、戻りたい……。

これほど強く、なくした記憶《きおく》を取り戻して、昔の自分に戻りたいと願ったのは、もしかしたら初めてかもしれなかった。

確かに、自分の中で金光と出会ったことで何かが変わったのだと、由貴は自覚せずにはいられなかったのである。

マサヤの一件から一か月が経《た》って、金光の周囲には特に何事もなかったかのように表面的には平穏な日々が戻ってきていた。

とはいっても、綺麗《きれい》な年上の恋人に身も心も奪われてしまっている状態なので、内心ではそれほど平穏とは言いがたい。

自分で言うのもなんだったが、現在かなり二人揃《そろ》ってお互いしか見えていないような有り様で、静流《しずる》に「おまえ最近、色惚《いろぼ》けしている」と呆《あき》れたように指摘されても、「えへへ、やっぱり？」と素直《すなお》に肯定してしまうくらいに浮かれている。

けれど最近になって、由貴は時折ひそかに溜《た》め息《いき》をついて、思いつめたような表情をすることが多くなった。

心配した金光が何度理由を尋《たず》ねても、「なんでもない」の一点張りで埒《らち》があかない。

——こういうところ、けっこう強情なんだよなぁ。

そういったところも可愛《かわい》いとは思うけど、やっぱりどちらかといえば厄介《やっかい》。

自分は彼から比べればはるかに年下で頼《たよ》りないかもしれないけれど、悩みがあるならできるだけ力になりたいと思うから、やっぱり話してほしいと思う。

だって、恋人なわけだし……。

そんなふうに金光なりに悩みながら家でゴロゴロしていると（大学は一昨日《おととい》から冬期休暇に入った）、柊から連絡があってすぐに事務所のほうへ来るように呼び出されてしまった。

「用件はなんですか？」

『それは、おまえが来てから直接話す』

まだ行くともなんとも返事をしていないのに、相変わらずの尊大な態度で一方的に電話を切られてしまって、金光は顔を顰《しか》めた。

「まったく強引なんだからさ……」

——こんな調子でいると、せっかくできた新しい彼女にも、すぐにふられちゃうぞ。

柊はなんと、現在マサヤの件で事務所を訪れた笹島茉莉とつきあっているのである。

いったいいつの間にそんなことに？　と、依頼人《いらいにん》に手を出した友人を非難した由貴に向かって、柊の言った台詞《せりふ》がふるっている。

「失恋の痛手は、新しい恋で癒《いや》すものと相場は決まっているからな」

由貴は当然、この台詞《せりふ》は茉莉のことを指しているのと受け止めたようだったが、それを由貴から聞いた金光は、柊の由貴に対するやや複雑な感情を知っているだけに、少しだけ柊に申し訳ないような気持ちになった。

――それでも、それが柊さんが選んだ道なんだから、俺にはとやかく言う権利なんてないけど……。

だいたい、由貴を手に入れた当人である自分になど、柊は間違っても同情なんてされたくないに違いがない。

しかし、いったいなんの用事なのかと首を捻《ひね》りながらも、金光はとりあえずは中目黒《なかめぐろ》にあるマンションを出て、新橋《しんばし》にある柊探偵《たんてい》事務所へと向かったのだった。

「お邪魔《じゃま》しまーす」

「語尾をのばすな、若造《わかぞう》」

これまでにも何度か訪れている事務所に挨拶《あいさつ》をしながら入ると、まるで偏屈《へんくつ》ジジィのような柊の返事が返ってきた。

これも毎度のことなので、すっかり慣れてしまった金光は、「はいはい」と適当に返事をして「『はい』は一度でいい！」と怒鳴《どな》られながらも（これも毎度のこと）、デスクに踏《ふ》ん反《ぞ》り返《かえ》っている柊のそばに近づいた。

「由貴さんは？」

「……おまえには、ほかに言うことはないのか……」

今日はバイトも休みなので、夜には由貴のマンションに遊びに行く約束をしていたが、やはり恋人の居所は気になるので反射的に尋《たず》ねてしまうのは致《いた》し方《かた》がなかった。

「だって、気になりますもん」

「けっ、心配しなくても、どこにも隠したりしてねぇよ」

資産家のお坊ちゃまとは思えないほど、柊は口が悪かった。

「由貴！　ほら、お望みどおりダーリンの到着だ。出てきてもいいぞ！」

柊が自棄《やけ》ぎみな大声で、広すぎるフロアの仕切りに使っているパーティションの向こう側に声をかけると、その陰から顔を覗《のぞ》かせた由貴が、嬉《うれ》しそうな表情でタタタッと足音を立てて駆け寄ってきた。

「章弘、会いたかったぁ」

そう言って無邪気《むじゃき》な笑顔《えがお》で抱きついてくる恋人を両手で受け止めながら、金光は目を瞠《みは》って「あれ？」と呟《つぶや》いた。

「もしかして、由貴ちゃんのほう？」

「そう、章弘と会うの十日ぶりだね。会えて嬉しいな」

普段の由貴のことは『由貴さん』で、人格が変わった時の『由貴』のことは『由貴ちゃん』と、彼とつきあうようになってからは、金光は区別して呼ぶようにしていた。

もともとそれほど頻繁《ひんぱん》に人格が交代するわけではなかったのだが、ここ最近は『由貴』が言うように、彼とはずっと顔を合わせていなかった。

「うん、久しぶりだね」

普段の初心《うぶ》でストイックな由貴も大好きだが、愛情表現がストレートで積極的な『由貴』のことも、やはり同じくらい大好きな金光だった。

ようは、由貴ならなんでもいいらしい……。

「おい、少しは人目を気にしろ。バカップルめ」

自分の目の前で抱き合う金光と『由貴』の両方に溜《た》め息《いき》をつきながら、柊は鬱陶《うっとう》しそうに手を振った。

「だいたい、そんな場合じゃないんだろ。金光に言いたいことがあったんじゃないのか？」

なにやら難しい表情で、柊は『由貴』へと顎《あご》をしゃくる。

おまえの口から説明しろとでも言っているらしかった。

「なぁに？　何かあったの？」

腕の中の恋人の顔を覗《のぞ》き込《こ》むと、一瞬《いっしゅん》泣きだしそうに顔を歪《ゆが》めるから驚く。

「……え、由貴ちゃん？」

「由貴が、俺のことを消したがってるんだ」

この場合の〝由貴〟は、言い方がこれで正しいのかどうかはわからなかったが、オリジナルの由貴のことを指していることに気づいて、金光は表情を改める。

「由貴さんが……？」

「俺は由貴のことが好きなのに、由貴は俺のことが嫌いなんだ」

縋《すが》るように金光の腕を握りながら、『由貴』は哀《かな》しそうに長い睫毛《まつげ》を伏せた。

「どうも、いまだかつてないほど、由貴の奴《やつ》は自分の人格統合を願っているらしい。これまでの諦《あきら》めモードが嘘《うそ》のようにな」

「……なんで急に？」

このところ、どこか思いつめた様子で溜《た》め息《いき》をついていたのには、そんな理由があったのかと、金光は眉《まゆ》を寄せて何か事情を知っているらしい柊へと視線を向ける。

「馬鹿野郎《ばかやろう》、おまえがその理由を訊《き》くのか？」

しかし、呆《あき》れた表情で柊に溜め息をつかれて、不思議そうに首を傾《かし》げる。

「ったく、なんでわからないんだ。おまえのせいに決まっているだろ」

「俺のせい、ですか？」

柊は、わずかにやりきれないとでもいうように形のいい頭を振ると、「そうだ」と頷《うなず》いたのだった。

「由貴は、おまえを誰かと半分分けにするのが嫌《いや》なんだとさ。それがたとえ、もう一人の『自分』であってもな」

告げられた言葉に驚愕《きょうがく》しながら、確認するように腕の中へと視線を落とす。

「それって、本当なの？」

「……うん。由貴は統合が無理だとしても、せめて俺を表に出すのはやめたいと思ってるんだ。もしくは、そのまま消してしまいたいって……。だから、ずっと気を張り詰めていて、俺が出てこられないようにしてたんだけど……」

まるで自嘲《じちょう》するように笑った『由貴』の台詞《せりふ》の後を引き取るように、柊が「まぁ、そんな緊張がいつまでも続くわけはないよな」と苦く呟《つぶや》く。

「人格統合とか、消しちゃうとか、そんなこと自分の意思でできるんですか？」

金光にとっては、どちらの由貴も等しく自分が愛した由貴に違いがない。

どちらかを選べと言われても、そんな片方の人格を否定するような真似《まね》はできなかった。

由貴はもしかすると否定したいのかもしれなかったが、『由貴』も確かに彼の一部なのである。

「できたら、とっくにしてるだろうよ」

溜《た》め息《いき》をつく柊につられたように、金光も深く吐息をつく。

「……ですよね」

「どっちにしても、このままじゃ由貴の精神がまいるほうが先だろうな」

思わず、ギュウッと腕の中の身体《からだ》を抱き締めると、琥珀色《こはくいろ》の甘い色合いの瞳《ひとみ》が見上げてきて、「全部俺のせいなんだよな」と呟《つぶや》いた。

「由貴ちゃん……」

「……由貴が『あの時』、あんまり不安そうだったから、だから少しでも楽にしてやりたいと思ってたのに。俺の存在が裏目に出ちゃったんだな」

あの時……。

それが由貴が暴漢《ぼうかん》に襲われて、記憶《きおく》を失ってしまった時のことを指すのだろうことは、そのニュアンスからなんとなく読み取れた。

――すべては、やはりあの事件のせいか……。

自分がもう少し早く、由貴をつけ狙《ねら》っていた犯人の存在に気がついていれば、こんなふうに彼が苦しむこともなかったのにと思うと、悔やんでも悔やみきれなかった。

「章弘には、なんの責任もないから」

優しい白い手が、慰めるように両の頰《ほお》を撫《な》でるのに、金光は「だけど……」と眉《まゆ》を寄せて唇《くちびる》を嚙《か》んだ。

「俺が最初っから余計な存在だったのはわかってたことだし、最後に章弘とこうして話ができてよかったと思う」

まるで消える覚悟を決めてしまったかのように、『由貴』は屈託《くったく》なく笑った。

「会えなくなったら寂《さび》しいよ……」

「……ありがとう。でも、本当に俺、もう半分くらい消えかかってるんだ。もともと由貴自身が自己防衛のために俺を生み出したんだから、あいつが本気でいらないと思ったら、俺の存在は消えるのが当然なんだよ」

子供に言い聞かせるかのように優しい声で『由貴』はそう言うと、金光の唇《くちびる》に「最後だから、これくらいいいよね」と笑ってキスをした。

「……由貴ちゃん、最後だなんて言わないでよ。お願いだから、そんな寂しいこと言わないで……」

だって、『由貴』がいなかったなら、自分と由貴はこうして再会することもなかったかもしれない。

由貴は当然、何事もなかったように刑事を続けていただろうから、金光がバイトしているホストクラブに潜入《せんにゅう》調査になんて、きっと来るはずはなかった。

百歩譲って、どこかで偶然再会したとしても、あの生真面目《きまじめ》で初心《うぶ》な人が、同性でしかも年下の金光のことを恋愛対象として、はたして認めてくれたかどうか……。

だいたいにして、今こうして金光が由貴と恋人同士になれたのも、酔った『由貴』が自分のほうから金光を誘ってくれたからではないのか？

きっかけは、すべて『由貴』が与えてくれた。

綺麗《きれい》で奔放《ほんぽう》で可愛《かわい》くて……。

彼を失ってしまうのは、あまりにも哀《かな》しくて寂《さび》しい。

真実を知らない金光がそう思うのは、至極《しごく》当然のことで……。

そんな金光の内心に気づいているのか、『由貴』は少しだけ切なそうな表情になった。

「章弘、一つだけ最後にいいこと教えてやるよ」

「……いいこと？」

うん、と頷《うなず》くと、『由貴』は金光が初めて見るような透明な表情で口を開いたのだった。

「……『俺』は、今までに一度もおまえに抱かれたことがないんだよ」

「え、やだなぁ由貴ちゃんったら……。なんで今さら、そんな嘘《うそ》言うの……？」

さすがに柊の前だったので、あからさまなことは言えなかったが、金光はこれまでに何度か『由貴』を抱いている。

そして、普段のストイックな由貴もいいけれど、積極的で情熱的な『由貴』も捨てがたいなどと常々頭の腐《くさ》ったようなことを考えていたのだ。

だいいちに、初めて金光が抱いたのは、由貴ではなく酔っ払ってテンションの高くなっていた『由貴』のほうだったはずだ。

そう思って、こんな時にどうしてそんな嘘《うそ》をつくのだろう？　と『由貴』を見つめると、『由貴』はわずかに哀《かな》しげな表情で「本当だよ」と言ったのだった。

「え……？」

「全部、俺じゃなくて由貴なんだ。最初の時も、その後も全部ね」

——意味がわからない……。

それじゃあ初めての時に、『章弘、おまえはイイ奴《やつ》だから、愛情に飢《う》えてるんなら俺がその飢えを満たしてやってもいいぞ』と言って俺を誘った人も、その後も何度か自分のほうから積極的にいろいろしてくれちゃった人も、すべて『由貴ちゃん』ではなく、『由貴さん』だったというのか？

「……嘘、でしょう？」

金光は、もう呆然《ぼうぜん》と呟《つぶや》くことしかできなかった。

「本当だよ。最初はたぶん、由貴だって章弘が好きで必死だったんだと思う。でもその後も何度か、『俺』を演じているうちに、きっと辛《つら》くなっちゃったんじゃないのかな」

おまえは、いつまでたっても気づかないしさ。

自嘲《じちょう》する。

由貴と同じ顔で、そして声で……。

同一人物なのだからそれは当然だったけれど、それだけに、金光を落ち込ませるには充分な説得力があった。

「由貴は、本当に章弘のことが好きなんだよ。だから、大切にしてあげてよ。俺が言うのはおかしいかもしれないけどさ」

　これからは、あいつだけを見てあげて。

「……由貴ちゃん」

　ごめん、と情けない顔で謝ると、『由貴』は俺はいいからと言って明るく笑ってくれた。

「それじゃあ、そろそろ行こうかな」

「……本当に、もう会えないの？」

　金光がそれでも往生際《おうじょうぎわ》悪く尋《たず》ねると、『由貴』は潔《いさぎよ》い瞳《ひとみ》で「会えないいんじゃなくて、会わないいんだよ」と言ったのだった。

「でも、俺はいつだって由貴の中から、おまえのこと見てるからさ」

　じゃあなと笑って、カクリと一瞬《いっしゅん》気を失ったように傾く身体《からだ》を、慌《あわ》てて金光は自分の腕で支える。

　しかし、すぐに正気に返ったらしく、閉じていた瞼《まぶた》を開けると、大きな琥珀色《こはくいろ》の瞳が金光の顔を見上げてきた。

「由貴、さん？」

　遠慮《えんりょ》がちに名前を呼ぶと、キッ！　ときついような視線で睨《にら》みつけられて驚く。

「おまえは、俺よりも『あいつ』のほうが好きなんだろ？」

これまでの『由貴』とのやり取りをすべて見ていたのだろう由貴は、傷ついた瞳《ひとみ》で金光のことを見つめていた。

「俺のこと、本当は自分勝手な奴《やつ》だと思って軽蔑《けいべつ》してるんだろ？」

泣きそうな顔で自分を責める恋人に、金光は哀《かな》しげな表情で首を振った。

「どっちの由貴さんだって、由貴さんには変わりないんだから、両方好きに決まってるでしょ。それに、俺が由貴さんを軽蔑なんかするわけないじゃない」

――俺のことを、信じてくれてないの……？

宥《なだ》めるように尋《たず》ねると、「信じてないわけじゃないけど嫌《いや》なんだ！」と叫《さけ》び、由貴は金光の腕を振り払うようにして、事務所から飛び出していってしまったのだった。

「ゆ、由貴さん⁉」

こんなふうに感情的な由貴の姿を見るのは、金光にとって初めてのことだった。

そのせいで、思わず追いかけるのも忘れて、唖然《あぜん》として由貴の後ろ姿を見送ってしまった金光の後頭部を、パカン！　と丸めた新聞紙で柊が叩《たた》く。

ようやく我に返って、叩かれたところを掌《てのひら》で擦《さす》る金光に、柊は不機嫌な声で怒鳴《どな》った。

「おまえはアホか。とっとと追いかけろ！」

「あ、はい」

慌《あわ》てて走りだそうとした金光の背中に、柊の「由貴に何かあったら、おまえのことぶっ殺すからな」という物騒な声がかかる。

「……わかってますって」

美人の恋人ができた今でも、相変わらず柊にとっては由貴は特別な存在らしかった。

絶対に柊よりも永く由貴のそばにいてみせると誓いをたてている金光としては、どうあっても彼に『ぶっ殺される』わけにはいかなかった。

だから、由貴を捕まえてもう一度ちゃんと話すためにも、彼は今度こそ由貴の後を追って駆けだしたのである。


一方、事務所を飛び出した由貴は、激しい自己嫌悪《じこけんお》に襲われながらも、結局は自分のマンションに向かってトボトボと歩いていた。

さっき、『由貴』が表に出て話している光景を、薄布に遮《さえぎ》られたようなぼんやりとした場所で、彼は嫉妬《しっと》にかられながら眺《なが》めていたのだった。

素直《すなお》に金光に自分の気持ちを伝えることのできる『由貴』が、すごく羨《うらや》ましくて、それ以上に妬《ねた》ましくて仕方がなくて……。

こんなわけのわからない感情に左右されている自分が、嫌《いや》で仕方がなかった。

——自分自身に嫉妬してるなんて、俺は本当に馬鹿《ばか》だな……。

金光が言ったとおり、あれも確かに自分なのだ。

暴漢《ぼうかん》に襲われたショックと、その時の怪我《けが》が原因で記憶《きおく》を失った自分に対するショック……。

あまりに不安で、その両方に耐え切れなくなりそうになった自分の精神が、咄嗟《とっさ》の防衛本能として生み出したのが、彼のもう一つの人格である『由貴』だった。

思いつめて、これ以上傷ついたり悩んだりしないようにと、由貴の精神の安定のために、『由貴』は生まれたのである。

だから、オリジナルの自分とは違って『由貴』は、己の感情に正直で屈託《くったく》なくて、まるで子供のように欲望にも素直《すなお》だった。

そんな『彼』が羨《うらや》ましくて、由貴は何度か『彼』を演じて金光に抱かれていた。

しかし、「奔放《ほんぽう》で淫《みだ》らで可愛《かわい》いね」と事の最中に淫蕩《いんとう》に『由貴』を演じている自分に囁《ささや》く恋人の声に彼は嫉妬《しっと》した……。

――章弘は、俺に囁いているんじゃないんだ……。

自分が演じている、『由貴』に囁いているのだ。

悔しくて辛《つら》くて、こうでもしない限りは、間違っても自分から相手を誘って喜ばすことなどできそうにもない、不器用で物慣れない普段の自分が嫌《いや》だった。

けれど、もうすべてを知られてしまったからには、これからは『由貴』を演じて金光に抱かれることはできなくなった。

そのことを残念だと思っている自分と、もうこれで恋人に嘘《うそ》をつかなくてもいいのだと安堵《あんど》している自分との二律背反《にりつはいはん》する気持ちに、由貴は今揺れている。

「俺は、本当に勝手だな……」

きっと、金光も呆《あき》れたことだろうと思った。

――呆れられてもいいけど、嫌われるのだけは嫌《いや》だ……。

自分がこれほどまで相手に執着《しゅうちゃく》するタイプだとは、由貴自身も金光とつきあうまで知らなかった事実だった。

ふと気がつくと、いつの間にか見慣れた自分のマンションの前に着いていた。

これからどうしようか？

追ってもこない恋人に腹を立てるよりも哀《かな》しくて、不貞寝《ふてね》でもしようかと溜《た》め息《いき》をつく。

しかし、うなだれながらマンションの入り口に向かった由貴だったが、植木の陰からサングラスをかけた男がいきなり姿を現し、自分の前に立ちはだかったので驚いた。

男が身にまとう尋常《じんじょう》ではない殺気に、由貴は目を見開いて立《た》ち竦《すく》む。

――え、なんだこれは……？

一瞬《いっしゅん》、何かの映像が、脳裏《のうり》でフラッシュバックしたようにチカチカと過《よぎ》る。

「……ようやく見つけたぜ……」

聞き覚えのある、低く不穏な男の声……。

そして、男の右手には、銀色に鈍く光る金属バットが握られていた。

「まさか……」

——これじゃあまるで、三年前の再現じゃないか……！

記憶《きおく》にはない……。

その時の記憶を由貴はなくしているので、この状況を己の『記憶』としてではなく、後日、柊や金光などから聞いた『過去の状況』として認識する。

「……おまえのせいで……。畜生《ちくしょう》、殺してやる……！」

浴びせかけられる憎悪《ぞうお》の言葉と、振り上げられるバットの軌跡《きせき》に、再び脳裏《のうり》では失われたはずの『記憶』の残像がフラッシュバックしていく。

——こ、れ、は……？

間一髪《かんいっぱつ》で振り下ろされたバットをよけながらも、由貴は急激に自分の中に戻ってこようとしている過去の記憶の奔流《ほんりゅう》に耐え切れずに、その場に膝《ひざ》をつきそうになった。

頭が、このままでは神経が焼き切れるのではないかと思えるほどに、ズキズキと痛みだす。

以前にも何度か、無理に記憶を思い出そうとして頭痛の発作に襲われたことがあった

が、今回の痛みはそれまでの比ではなかった。

「……た、すけて……」

頭を抱えるようにして、誰かに助けを求めるように悲鳴をあげようとした瞬間《しゅんかん》……。

頭の中と外から同時に、『危ない！』という声が確かに由貴には聞こえたような気がした。

視線の先には、奇声を発しながら自分にバットを振り下ろそうとする、狂気じみた醜《みにく》い男の顔と、そして……。

すごい勢いで宙を蹴《け》る長い脚《あし》が、由貴に襲いかかろうとしていた男の横《よこ》っ面《つら》に見事にクリーン・ヒットする光景があった。

無様《ぶざま》にアスファルトの上に吹っ飛ぶ男には一瞥《いちべつ》もせずに、駆けてくる相手の姿に眩暈《めまい》を覚える。

──ああ、前にも一度、これと似たような光景を見たことがある。

「由貴さん！　どこにも怪我《けが》はない⁉」

血相を変えて駆け寄ってきた金光の顔をぼんやりと見上げながら、由貴は徐々に頭の中の霧が晴れていくような感覚に瞠目《どうもく》した。

「……章弘、俺、もしかすると……」

思い出せるかもしれないと、そう年下の恋人に微笑《ほほえ》みかけようとした由貴だったが、金光の背後に目を向けた瞬間《しゅんかん》、彼の表情は凍りついたのだった。

「危ない！　章弘！」

「えっ……？」

由貴の声に、反射的に背後の尋常《じんじょう》ではない気配に気づいて、金光は身体《からだ》をかわす。

だが、完全には避けきれなかったらしく、右腕をかすったナイフに鮮血が飛び散った。

チッと低く舌打ちをして、己の右腕の傷を左手で押さえた金光の指のあいだからのぞく鮮やかな紅色《べにいろ》に、由貴の頭の中で何かがパリンと割れる音がした。

そして、自分にとって一番馴染《なじ》みがあるはずの無邪気《むじゃき》で屈託《くったく》のない声が、『よかったね』と頭の中で囁《ささや》く声を、由貴はこの時確かに聞いたと思ったのだった。

──今まで、すまなかったな……。

……ありがとう、もう一人の『俺』。

「へへっ、ざまぁみやがれ……！」

「……あんた、クスリやってるな？」

そこまで転落したのかと、哀れむような金光の声に、由貴はようやく我に返った。

「それもこれも、全部てめぇらのせいだ！　てめぇらのせいで、どこの店に行っても門前払いを喰《く》らうんだ！　畜生《ちくしょう》、殺してやる！　おまえら二人とも殺してやる！」

「…………」

由貴は無言で、狂ったように甲高い声で笑いながらナイフを振り回して金光に切りかかっている男の背後に素早く回ると、ナイフを持っているほうの腕を取って、そのまま一本背負いで男のことを投げ飛ばしたのだった。

小気味よく宙を飛んで、背中から思い切り地面に叩《たた》きつけられた男を眺《なが》めながら、「なるほど、どうやらこっちの勘《かん》も無事に取り戻したようだな」と由貴は冷静に呟《つぶや》く。

「由貴さん……？」

男の手から転がったナイフを拾い上げて、今度こそ相手が気絶しているのを確かめていると、戸惑《とまど》ったように金光が声をかけてきた。

「大丈夫か？」

慌《あわ》ててハンカチを取り出して右腕の怪我《けが》を止血していると、横顔にまるで探《さぐ》るような視線を感じて由貴は顔を上げた。

そうして、自分を見つめている漆黒《しっこく》の瞳《ひとみ》を真《ま》っ直《す》ぐに見つめ返すと、ゆっくりと口を開いたのだった。

「……どうやら、記憶《きおく》が戻ったらしい」

金光は、驚いたように一瞬《いっしゅん》目を見開いたが、由貴のこれまでとはどこか違う落ち着いた表情を見ると、なぜか少しだけ寂《さび》しげな様子で「よかったね」と笑った。

「その、こんなことを今さら改めて言うのもおかしいとは思うんだが、あの時は、俺を助けてくれてありがとう。章弘が来てくれなかったら、俺はきっとあいつに殺されてたと思う」

本当に感謝していると、由貴は金光に向かって頭を下げながら、ようやくすべてを思い出すことができた三年前の事件のことを回想したのだった。

自分はあの時、雨の中を、警視庁から官舎までの距離を傘《かさ》もささずに走っていた。身体《からだ》を刺すような雨の冷たさに、走りだしてものの数秒でタクシーを拾わなかったことを後悔した。

だから、目の前に官舎の明かりが見えてきた時は、本当に心底ホッとしたのだった。

けれど……。

今まさに中へ入ろうとした玄関の前で、あろうことかいきなり由貴は背後から後頭部を思い切り金属バットで殴《なぐ》られたのである。

頭を押さえるようにして地面に崩れ落ちた由貴は、気を失う一瞬《いっしゅん》、再び自分の上にバットを振り下ろそうとする人影と、「てめぇ！」と叫《さけ》びながらその人影に走りより、相手の首筋に鮮やかな回《まわ》し蹴《げ》りを放った長身の少年の姿を確かに見たと思った。

そして、次に由貴が目覚めた時、彼はさっきの少年の腕に抱きかかえられているところだった。

「ごめん、由貴さん。俺のせいだ……」

悄然《しょうぜん》と呟《つぶや》く少年の顔があまりにも辛《つら》そうだったから、気がつけば無意識に、由貴は少年のなめらかな頬《ほお》に指先で触れていた。

「……きみは……確か……」

由貴は、少年の端正《たんせい》な顔に見覚えがあった。

「由貴さん！　気がついたの⁉」

なぜ彼が自分の名前を知っているのか不思議だったが、それよりもその時の由貴には気がかりなことがあった。

「……よかった、怪我《けが》治ったんだね……」

驚いたように見開く漆黒《しっこく》の瞳《ひとみ》に、本当によかったと微笑《ほほえ》みかける。

少年は、半年ほど前に学生同士の喧嘩《けんか》で大怪我をして重傷だったのだ。縁があって由貴も一度見舞いに行ったのだが、その時はまだ面会謝絶で、彼は昏睡《こんすい》状態だったはずである。

それがこんなにも回復したのかと思うと、由貴は自分の状態も忘れて嬉《うれ》しかった。

「由貴さん、官舎の前で暴漢《ぼうかん》に襲われたんだよ。覚えてる？」

「……なんとなく……」

心配そうな少年に自分は大丈夫だからと笑いかけてやりたかったが、さすがにそんな気力は残っていなさそうだった。

　そんなことをぼんやりと考えていると、フロアの中央にあるエレベーターが開き、バタバタと焦《あせ》った様子でこちらへと駆けてくる柊の姿に気がついた。

「由貴！　いったい、何があった！」

　顔色を変えて走り寄ってきた友人に、「……慶二郎？」と不思議そうに名を呼ぶ。

「今、管理人からおまえが暴漢《ぼうかん》に襲われたって連絡もらって、いったいどういうことなんだ……。それに、きみは？」

　少年に訝《いぶか》しげな視線を向ける柊に、由貴は彼は自分の命の恩人なのだと説明をしようとした。

　しかし、その前に少年が、抱きかかえていた由貴の身体《からだ》を柊へ託《たく》すと、「俺は、たまたまその場に通りすがっただけの人間です。もうすぐ救急車が来ると思うので、この人のことお願いしますね。あ、犯人なら外でのびてますから、後で回収してください。それじゃあ、俺はこれで」と、早口にまくし立てて去っていってしまったのだった。

「え、ちょっ？　待ちなさい、きみ！」

　柊の制止の声にも立ち止まらずに、雨の中を駆け去っていく少年に、自分が助けてもらったお礼を言っていなかったことに由貴が気づいたのは、彼の姿がとっくに夜の闇《やみ》の向こうに消えたあとのことだった。

——病院で治療してもらったあと、そうだな、明日にでも俺のほうから彼の家にお礼に伺《うかが》おう……。

そう思っていたはずなのに、翌日病院のベッドで目覚めた時、由貴はそのときのことだけではなく、これまで刑事として過ごしてきた日々のこともすべて、綺麗《きれい》さっぱり忘れていたのである。


「たぶん、これでもう多重人格症のほうも治ったと思うし、ようやく人並みの生活に戻れそうだ」

およそ三年ぶりに取り戻した記憶《きおく》の正確さを、金光に話すことで確認しながら、由貴はホッとしたように胸を撫《な》で下《お》ろした。

もう、自分自身に嫉妬《しっと》して、胸を痛めるような必要もなくなると思うと、やはり嬉《うれ》しかった。

なのに、目の前の金光の表情はどちらかといえば浮かない様子で、もしかするとまださっきの事務所でのやり取りのことを気にしているのかと、途端に不安な気持ちになる。

「章弘……？」

名前を呼ぶと、金光は自嘲《じちょう》するように顔を歪《ゆが》めながら、「もう、大丈夫なんだよね」と呟《つぶや》いた。

いったい何が？　と首を傾《かし》げる由貴に、金光は乱暴に無事なほうの左手で長い前髪をかき上げながら言ったのだった。

「だって今の由貴さんなら、不安な気持ちを俺に依存することでごまかす必要なんてないじゃん。俺なんて、完璧《かんぺき》に戻った由貴さんからしたら、ただのガキだしさ。もう、俺のことなんかいらなくなっちゃったんじゃない？」

一瞬《いっしゅん》、自分の聞き間違いかと思った。

いつだって明るくて優しかった金光が、こんな投げやりな口調で自分にそんなことを言うとは信じられなかった。

「……やっぱ、俺は捨てられちゃうのかな？」

冗談《じょうだん》めかした金光の口調に傷ついて、気がつけば由貴は、口よりも先に手が出ていた。

パン！　と、金光の自分よりも頭半分ほど上にある頰《ほお》を平手で張ると、「なんでそんなことを言うんだ……」と涙声で呟《つぶや》いた。

「どんな俺だって、俺には変わらないって言ったのは嘘《うそ》だったのか？　俺なら、なんだっていいって言ってくれたのも、好きだって言ってくれたのも、全部嘘なのか？」

情けないことに、金光の前で泣くのはこれで二度目だった。

自分が、どれほど愚《おろ》かな真似《まね》をして金光を手に入れたのか、彼だってすでに知っているはずなのにと、気持ちを疑われたことが悔しくて仕方がなかった。

「……ごめん。俺、由貴さんのこと試した……」

長い指先で由貴の涙に濡《ぬ》れた目尻《めじり》を拭《ぬぐ》いながら、金光は静かな声でそう言った。

え？　と、顔を上げると、年下の恋人は確信犯的な微笑を浮かべて、「泣かしてごめんね」と言ったのだった。

「さっきは、由貴さんのほうが俺を信じてくれなくて、俺、けっこう傷ついたんだよ。だから、ちょっと意地悪しちゃった。でもこれで由貴さんもわかったよね。大好きな人に信じてもらえないことが、どんなに哀《かな》しいことかってさ」

「……うっ……」

やはり自分よりも一枚上手らしい金光に、ちょっとばかり悔しい気持ちになりながらも、由貴は内心では確かにと身をもって納得していた。

金光に信用されていないと知って、由貴はすごくショックだった。

先程の金光も、由貴に疑われて同じように傷ついたのだろうと、今ならわかる。

「すまなかった……」

だから、今度は素直《すなお》に謝る。

「……好きだよ、由貴さん。不安なら何度でも言ってあげる。どんな由貴さんでも、俺は大好き」

――たぶん、初めて会った時からずっとね。

そう言ってニッコリと微笑《ほほえ》む金光に、由貴はボーッと見惚《みほ》れかけて、慌《あわ》てて首を振る。冷静に考えてみれば、今はこんな道の真ん中で二人の世界を作ってる場合ではなかった。

「……あの、それは俺もそうなんだが……」

「はい？」

頰《ほお》を赤らめながら咳払《せきばら》いをする由貴に、金光は不思議そうな顔で首を傾《かし》げた。その視線を自分の足元に誘導すると、金光も納得したように苦笑する。

「そうでしたね。忘れてました……」

「とりあえず、警察に引き渡すとするか」

由貴の足元で気を失っているのは、一か月前までは『シャドームーン』で№4ホストだった男である。

店をクビになったあと、お決まりのコースで転落した様子には、侮蔑《ぶべつ》と同じくらいのやりきれなさを由貴は感じた。

周囲には運がいいのか悪いのか、ほかに人影は見えない。

ここが、日中は住人のほとんどが勤めに出ている、独身者専用のマンションの前でよかったと、由貴はこの時心の底から思ったのだった。

エピローグ

「いらっしゃいませ」

ニッコリと、極上の営業スマイルで金光《かねみつ》が手を差し出すと、相手は秀麗《しゅうれい》な眉《まゆ》を寄せて「ふざけるな」と低く呟《つぶや》いた。

単に照れているのだということはわかっているので、金光は気にせずに勝手に自分のほうからその白い手を取ると、「今日はご指名ありがとうございました。これからもどうぞご贔屓《ひいき》にしてくださいね」と言いながら、フロアを颯爽《さっそう》と横切って、一番奥のボックスへと今夜の大切なお客様を案内する。

「……章弘《あきひろ》、頼《たの》むからもう帰りたい……」

だって、なんだか周囲の視線が痛いんだと訴える美貌《びぼう》の青年に、金光は苦笑しながら首を左右に振った。

「今さら、何を照れることがあるかなぁ。二週間程度だけど、自分だってここで働いてたくせしてさ」

めでたく記憶《きおく》が戻ったお祝いをしてあげると言ったら、だったら『シャドームーン』に今度はお客として行ってみたいと、瞳《ひとみ》を輝かせながら言ったのは由貴《ゆき》のほうである。

それならば、この店の№2でもある金光自ら、懇切丁寧《こんせつていねい》におもてなしをいたしましょうということになった。

それなのに、いざとなると、女性客ばかりのところに男の自分が一人で訪れることに、シャイな恋人は気後れしてしまったらしかった。

顔見知りのホストたちにも気さくに声をかけられて、トオルやカナメにからかわれて、ソファーに腰かけた時には、由貴の綺麗《きれい》な眉間《みけん》には深い皺《しわ》が刻まれていた。

「ほら、せっかくの綺麗な顔がだいなしになるから、そんな難しい顔をしちゃ駄目《だめ》だっていつも言ってるでしょ？」

まずは何を飲みたい？　と尋《たず》ねると、返ってきたのは「おまえに任せる」という素っ気ない答え。

記憶が戻って、もうひとつの人格の『由貴』が消えて、すっかり落ち着いてしまうものだと寂《さび》しく思っていたことが馬鹿《ばか》らしくなるくらい、本来の由貴は思ってたよりもずっと子供だった。

料理を作ることは好きなくせに、本人はけっこう食べ物に好き嫌いが多かったり、金光の家でテレビ用ゲーム機で対戦格闘ゲームを一緒《いっしょ》にやったら、負けず嫌いで自分が勝つまで絶対にゲームをやめなかったり……。

数え上げるときりがないほど、由貴には子供のような面が多い。

そして、そんなところを可愛《かわい》いと思っている自分は、やっぱりかなりの馬鹿《ばか》なのかもしれなかった。

――そうなんだよね。由貴ちゃんは、ちゃんと由貴さんの中に、今も生きてるんだよね……。

ちょっとだけ、いなくなってしまった『彼』のことを金光は惜しむ。

由貴は怒るかもしれないけれど、今の由貴のことと同じくらい、金光はやはり『彼』の無邪気《むじゃき》さを愛していた。

「章弘……」

「ん、なぁに？」

由貴のために水割りを作っていると、なぜかいきなり神妙な声で名前を呼ばれた。

視線を上げると、意外なほど柔らかな眼差《まなざ》しで由貴が自分を見つめているから、金光はドキリとする。

「いや、やっぱりカッコいいと思って」

まったく、この人は時々大真面目《おおまじめ》でこんなことを言ってくれるから質《たち》が悪い。

「そうでしょうとも。今日はお客様がスペシャルＶＩＰなので、いつもより気合い入ってますからね」

「そうなのか?」

「そうです」

語尾に力を入れて答えると、由貴はおかしそうに笑った。

ああ、本当に……。

笑ってても、泣いてても、怒ってても、やっぱり綺麗《きれい》で可愛《かわい》いからまいっちゃうよ。

——だけど、そんな由貴さんが、何よりも可愛くなる瞬間《しゅんかん》は、俺の腕の中だけだっていうことは、この世できっと俺一人だけの秘密。

あとがき

さて、はじめましての方もお馴染《なじ》みの方もこんにちは！

気がつけば、この本で拙著《せっちょ》もめでたく二十作目となった仙道《せんどう》はるかです（こっそりと出した本名名義分を入れたら二十一作目だけどねん）。

毎年この時季になったら言ってますが、プロデビューして六年、専業物書きになって五年経《た》ちました……。

早いですね、そらもうビックリするほど……。

毎日面白《おもしろ》おかしく過ごしているうちに、確実に年だけはとってしまったようです。

気分的には、永遠に十七歳なのにな（図々《ずうずう》しすぎて大笑い。でも本人的には大真面目《おおまじめ》）。

前置きはこのくらいで、今回の話について。

まずは、諸事情により、またもや予告のタイトルと変わってしまって、申し訳ありませんでした（汗）。

自分的にはけっこう気に入っていたので残念でしたが、変更後の『記憶の海に僕は眠りたい』もわりと気に入っているので（この微妙なタイトルの長さが、私らしいといえば私らしい）、この本を手に取ってくださった皆様にも気に入っていただけたら嬉《うれ》しいです。

今回の主役の片方は、前々作『ファインダーごしのパラドクス』で、真田静流《さなだしずる》の大学の友人として初登場した金光章弘《かねみつあきひろ》です。

私、どうやら里見《さとみ》や国塚《くにづか》と同じくらい彼のことが好きらしいです（いや、そんな予感は『ファインダー〜』の時から薄々あったんですけどね。まぁ、それじゃないと脇役《わきやく》から主役に出世はしない）。

ちなみに、今回初登場の金光のハニー久我山由貴《くがやまゆき》ちゃん（ちゃん……って。笑）も、美《み》幸《ゆき》、丹野《たんの》に続く迂闊《うかつ》な大人の年上美人受けで、私のツボなんですけどね。

さて、読んでくださった皆様の感想は如何《いか》に？（ドキドキ）

あと、由貴とやはり今回初出演の彼の友人の柊《ひいらぎ》に関しては、おそらく一部の方にはすぐにわかるモデルがいるんですが、まあ、それはそれとして、わかった人はこっそりと笑って見なかったことにしてください（じつは金光も……。二面性があるという意味では、初登場の時から密《ひそ》かに意識してたんだけど、気づいた人はいなかったようだ。苦笑）。

ストーリー的には、この種のテーマを扱ったのは（あとがきから読んでいる方のために、詳しくは語りませんが）、もしかするとデビュー作の『ヴァルハラ』以来なんで、もう少しいろいろと掘り下げて書きたかったシーンとかもあったんですが……。

今回だけではすべて消化できていなくて、微妙に心残りがあります。

ゆえに、まだまだ補完したい部分があるので、この人たちの話も続きます。

とりあえずは、次回もこの人たちでいっちゃおうかなぁと思ってるんですけど、どうなんでしょうか担当《たんとう》様？（まだ、プロット提出してないし。苦笑）

もしもOKなら、タイトルは『刹那《せつな》に月が惑《まど》う夜』で、六月に再び彼らに会うことができることでしょう。

その時は、またぜひとも手に取って読んでいただければと思っております。

それでは、恒例の告知のコーナーにまいりましょうか。

仙道は本業以外に、年に何度か東京の有明《ありあけ》周辺に出没しております。

新世紀となりました今年は、例年になく出没回数が多いので、よろしければ各イベントでチェックしていただければと思います（とりあえず、夏冬のイベントのほかに、三月・五月・十月の東京のＣｉｔｙにも本人が参加します）。

サークル名は『銀河鉄道通信』、もしくは『ヴァルハラ』で参加。

ただし、今年はすべてのイベントに、ジャンルはオリジナルJUNEではなく『特撮(そうです。あれです……。あの噂《うわさ》の二人です……。そんでもって刑事受けです。苦笑)』で参加していますので注意してくださいね。

毎回のイベントでは、確実に複数冊の新刊を出しておりますので、ぜひともお立ち寄りください。

このような諸々《もろもろ》のイベントの情報や、仙道のアホアホトークやショートストーリーなどを掲載《けいさい》したA5判、8頁《ページ》の情報ペーパー(時々やけに増頁したものが送りつけられてビックリすることもあるかもしれないですが、あまり気にしないでね。笑)を発行していますので、興味《きょうみ》のある方は返信用封筒(80円切手を貼《は》って、自分の住所氏名を記した定形封筒。自分の氏名には、必ず『様』を書いてくださいい)を同封のうえで、ペーパーをご請求ください。

ついでに、感想の一つも付け加えていただけると、私、根が単純なので喜びます。

あと、前回の本でも告知しましたが、現在ホームページを作成中でして(昨年末には年内公開なんて言っておいて、年の明けた現時点でもまだできあがっていない……。汗)、もし公開後のURLをご希望の場合は、vharuka@f8.dion.ne.jpまで一度メールを送ってくだされば、おってホームページのＵＲＬと、メール配信用の情報を送信します。あ、この時もやっぱり、本を読んだ感想などをメールにちょっと書き添えてくれたら嬉《うれ》しいかも、です。

それから一つ、このメールでのお問い合わせをくださる時にお願いがあります。本名とまでは言いませんが、せめて件名とハンドルネームぐらいは書いてメールをください……。

いろいろとウイルスとかの問題もありますし、特に携帯《けいたい》電話からの件名もハンドルネームもない一行メールとかは対応に困ります（苦笑）。

口うるさくて申し訳ありませんが、できれば最低限のマナーだけは守っていただければ嬉しいです（ゴメンネ、でもけっこう切実）。

それでは最後に次回ですが、前述したとおり、六月に今回の二人の続きが書ければいいと思っています。

タイトルは、あくまでも仮ですが、『刹那に月が惑う夜』の予定。

そして、今回のスペシャルサンクスは、無事に車の免許取れたかなぁ？　の沢路《さわじ》さんに、冬コミではさんざんお世話になった伊藤さんと本田さん、さらには私の古くからの読者の方で、このたびは某特撮のために私の我《わ》が儘《まま》につき合わせてしまった小川さんと塚田さん、この本を読んでくださっている皆様、本当にありがとうございました！

新世紀も、不肖《ふしょう》仙道はるかをよろしくお願いします♪

二〇〇一年一月某日

仙道《せんどう》はるか

仙道はるか先生の『記憶の海に僕は眠りたい』、いかがでしたか？

仙道はるか先生、イラストの沢路きえ先生への、みなさんのお便りをお待ちしております。

仙道はるか先生へのファンレターのあて先
〒112-8001 東京都文京区音羽2-12-21 講談社 X文庫「仙道はるか先生」係
沢路きえ先生へのファンレターのあて先
〒112-8001 東京都文京区音羽2-12-21 講談社 X文庫「沢路きえ先生」係

N.D.C.913　244p　15cm

仙道はるか（せんどう・はるか）

講談社X文庫

７月10日生まれ、蟹座のO型、北海道豪雪地帯在住。自他ともに認めるジャニーズ・オタクで、最近ではJr.の見分けもつくようになってしまった筋金入り。また、極度の活字中毒なので本がそばにないと生きていけない。作品に『背徳のオイディプス』『僕らはオーパーツの夢を見る』『高雅にして感傷的なワルツ』『シークレット・ダンジョン』『天翔る鳥のように』『ルナティック・コンチェルト』『ツイン・シグナル』、アイドルグループ「B-ing」シリーズなどがある。

white heart

記憶《きおく》の海《うみ》に僕《ぼく》は眠《ねむ》りたい

仙道《せんどう》はるか

●

2001年３月５日　第１刷発行

定価はカバーに表示してあります。

発行者——野間佐和子
発行所——株式会社　講談社
東京都文京区音羽2-12-21　〒112-8001
電話　編集部　03-5395-3507
販売部　03-5395-3626
製作部　03-5395-3615
本文印刷—豊国印刷株式会社
製本———株式会社大進堂
カバー印刷—双美印刷株式会社
デザイン—山口　馨

落丁本・乱丁本は、小社書籍製作部あてにお送りください。送料小社負担にてお取り替えします。なお、この本についてのお問い合わせは文庫出版局X文庫出版部あてにお願いいたします。

ISBN4-06-255531-X　（文庫）

講談社X文庫ホワイトハート

仙道はるかの本

イラスト●沢路きえ

ヴァルハラ

◆◆◆◆◆◆◆◆◆◆◆◆◆◆◆◆◆◆◆◆◆◆◆◆◆◆

偶然の再会から運命が始まった!!

「ヴァルハラへ行くわ」そう言い残して母は死んだ。そして俺はそこで、運命の男性と出会った…。耽美小説界期待の新星、鮮烈にデビュー!!

背徳のオイディプス

◆◆◆◆◆◆◆◆◆◆◆◆◆◆◆◆◆◆◆◆◆◆◆◆◆

父を愛し殺す。…それが俺の物語《ストーリー》なのか？　まだ見ぬ父を捜しに上京した少年は、カメラマンと出会う。彼のモデルをつとめるうちに、愛しあうようになるが…。

イラスト●沢路きえ

イラスト●沢路きえ

銀河鉄道通信

◆◆◆◆◆◆◆◆◆◆◆◆◆◆◆◆◆◆◆◆◆◆◆◆◆◆

おまえの胸で泣いてもいいか…。教え子の自殺にショックを受け、北海道へとやってきた正人《まさと》。雄大な自然と愛する人に巡り合い…。星空を背景に繰り広げられる、癒《いや》しの物語!!

講談社X文庫ホワイトハート

仙道はるかの本

イラスト●沢路きえ

僕らはオーパーツの夢を見る

兄の陸《りく》と二人暮らしの市東空《しとうそら》は、学園の人気者・甲斐《かい》にすっかり気に入られてしまう。一方、地上げ屋に悩む陸にも想いを寄せる青年が現れ…。二人の兄弟のピュア・ラブストーリー!!

月光の夜想曲《ノクターン》

かつてアイドルグループ『B-ing』のメンバーだった若葉《わかば》と勇気《ゆうき》の、二作目の映画共演が決まった!!　その矢先、二人の暮らすマンションで、不可解なことが起こり始めて…。

イラスト●沢路きえ

イラスト●沢路きえ

高雅にして感傷的なワルツ

あんたと俺は、住む世界が違うんだ。平凡な会社員の美幸《みゆき》は、コンサート会場で美貌のピアニスト・里見《さとみ》に出会い、強く惹《ひ》かれていく。だが、突然里見からの告白を聞いた美幸は…。

講談社X文庫ホワイトハート

仙道はるかの本

イラスト●沢路きえ

星ノ記憶

映画『月光の夜想曲《ノクターン》』のイメージ写真集を撮影するため、北海道を訪れた勇気《ゆうき》と若葉《わかば》。その地で若葉は、長いあいだ抱えてきた己のトラウマと対決することになり──。

イラスト●沢路きえ

琥珀色の迷宮《ラビリンス》

学園祭の出し物で、劇のヒロイン役に選ばれた市東空《しとうそら》のもとに、上演中止を求める脅迫状が送られてきた。そして、花屋を営む空の兄・陸《りく》の前からは、最愛の人物が姿を消してしまい…。

イラスト●沢路きえ

シークレット・ダンジョン

先生…なんで抵抗しないんですか？ 葛城草介《かつらぎそうすけ》は、ゲーム・クリエーターとしての新たな仕事の取材のため、小学生の甥っ子に、担任教師の椎名《しいな》真生《まさき》を紹介されるのだが……。

講談社X文庫ホワイトハート・大好評恋愛&耽美小説シリーズ

終わらない週末
週末のプライベートレッスンがいつしか…。
有馬さつき（絵・藤崎理子）

パーティナイト 終わらない週末
トオルの美貌に目がくらんだ飯島は思わず⁉
有馬さつき（絵・藤崎理子）

ダブル・ハネムーン 終わらない週末
4人一緒で行く真冬のボストン旅行は…⁉
有馬さつき（絵・藤崎理子）

ビタースウイート 終わらない週末
念願の同居を始めた飯島とトオルは…⁉
有馬さつき（絵・藤崎理子）

バニー・ボーイ 終わらない週末
二人でいられれば、ほかに何もいらない!!
有馬さつき（絵・藤崎理子）

フラワー・キッス 終わらない週末
タカより好きな人なんていないんだよ、僕。
有馬さつき（絵・藤崎理子）

ラブ・ネスト 終わらない週末
その優しさが、時には罪になるんだよ。
有馬さつき（絵・藤崎理子）

ベビィフェイス 終わらない週末
キスだけじゃ、今夜は眠れそうにない。
有馬さつき（絵・藤崎理子）

トラブルメーカー 終わらない週末
タカも欲しかったら、無理強いするの？
有馬さつき（絵・藤崎理子）

ウイークポイント 終わらない週末
必ずあなたから、彼を奪い取ります！
有馬さつき（絵・藤崎理子）

プライベート・コール 終わらない週末
僕に黙って女の人と会うなんて……。
有馬さつき（絵・藤崎理子）

ベッド・サバイバル 終わらない週末
早くタカに会いに行きたいよ。
有馬さつき（絵・藤崎理子）

オンリー・ワン 終わらない週末
トオルがいなけりゃ、OKしてたのか？
有馬さつき（絵・藤崎理子）

ドレスアップ・ゲーム 終わらない週末
男だってことを身体に覚え込ませてあげるよ。
有馬さつき（絵・藤崎理子）

シークレット・プロミス 終わらない週末
そんなことしたら、その気になるよ。
有馬さつき（絵・藤崎理子）

☆**ギブ・アンド・テイク** 終わらない週末
なにもないなら、隠す必要はないだろう？
有馬さつき（絵・藤崎理子）

アポロンの束縛
〈手〉だけでなく、あなたのすべてがほしい!!
有馬さつき（絵・斐《ひ》火《が》サキア）

ミス・キャスト
僕は裸の写真なんか、撮ってほしくない！
伊郷ルウ（絵・桜城やや）

エゴイスト ミス・キャスト
痛みの疼きは、いつしか欲望に……。
伊郷ルウ（絵・桜城やや）

隠し撮り ミス・キャスト
身体で支払うって方法もあるんだよ。
伊郷ルウ（絵・桜城やや）

☆……今月の新刊

講談社X文庫ホワイトハート・大好評恋愛&耽美小説シリーズ

ベンチマークに恋をして アナリストの憂鬱　井村仁美
青年アナリストが翻弄される恋の動向は…?　(絵・如月弘鷹)

恋のリスクは犯せない アナリストの憂鬱　井村仁美
ほかのことなど、考えられなくしてやるよ。　(絵・如月弘鷹)

3時から恋をする　井村仁美
入行したての藤芝の苦難がここから始まる。　(絵・如月弘鷹)

5時10分から恋のレッスン　井村仁美
あいつにも、そんな声を聞かせるんだな!?　(絵・如月弘鷹)

8時50分・愛の決戦　井村仁美
葵銀行と鳳銀行が突然、合併することに…!　(絵・如月弘鷹)

午前0時・愛の囁き　井村仁美
銀行員の苦悩を描く、トラブル・ロマンス!!　(絵・如月弘鷹)

110番は甘い鼓動　井村仁美
和ちゃんに刑事なんて、無理じゃないのか?　(絵・如月弘鷹)

迷彩迷夢《めいさいめいむ》　柏枝真郷
聖一との思い出の地、金沢で知った"狂気"!?　(絵・ひろき真冬)

窓—WINDOW— 硝子の街にて[1]　柏枝真郷
友情か愛か。ノブとシドニーのNY事件簿!!　(絵・茶屋町勝呂)

雪—SNOW— 硝子の街にて[2]　柏枝真郷
ノブ&シドニーの純情NYシティ事件簿!　(絵・茶屋町勝呂)

虹—RAINBOW— 硝子の街にて[3]　柏枝真郷
ノブ&シドニーのNYシティ事件簿第3弾!!　(絵・茶屋町勝呂)

家—BURROW— 硝子の街にて[4]　柏枝真郷
幸福に見える家族に起こった事件とは…!?　(絵・茶屋町勝呂)

朝—MORROW— 硝子の街にて[5]　柏枝真郷
その男は、なぜNYで事故に遭ったのか!?　(絵・茶屋町勝呂)

空—HOLLOW— 硝子の街にて[6]　柏枝真郷
不法滞在の日本人が殺人事件の参考人となり…。　(絵・茶屋町勝呂)

燕—SWALLOW— 硝子の街にて[7]　柏枝真郷
ノブは東京へ。NYへの想いを見つめ直すために。　(絵・茶屋町勝呂)

いのせんと・わーるど　かわいゆみこ
七年を経て再会した二人の先に待つものは!?　(絵・石原　理)

深海魚達の眠り いのせんと・わーるど　かわいゆみこ
巨悪と闘い後輩を想う…。検察官シリーズ第2弾。　(絵・石原　理)

この貧しき地上に　篠田真由美
この地上でも、君とならば生きていける……。　(絵・秋月杏子)

この貧しき地上に II　篠田真由美
ぼくたちの心臓はひとつのリズムを刻む!　(絵・秋月杏子)

この貧しき地上に III　篠田真由美
至高の純愛神話、ここに完結!　(絵・秋月杏子)

☆……今月の新刊

第9回ホワイトハート大賞募集中！

賞

◉大賞：賞状ならびに副賞100万円
およびび、応募原稿出版の際の印税
◉佳作：賞状ならびに副賞50万円
（賞金は税込みです）

選考委員

川又千秋先生

ひかわ玲子先生

夢枕 獏先生

（アイウエオ順）

〈応募の方法〉

●資格　プロ・アマを問いません。
●内容　ホワイトハートの読者を対象とした小説で、未発表のもの。
●枚数　400字詰め原稿用紙 250枚以上、300枚以内。たて書き。
ワープロ原稿は無地用紙に20字×20行でプリントアウトのこと。
●締め切り　2001年5月31日（当日消印有効）。
●発表　2001年12月26日発売予定のX文庫ホワイトハート1月新刊全冊ほか。
●あて先　〒112-8001　東京都文京区音羽2―12―21　講談社
X文庫出版部　ホワイトハート大賞係
●原稿は、かならず通しナンバーを入れ、右上でとじてください。また、本文とは別に、原稿の１枚めにタイトル・住所・氏名・ペンネーム・年齢・職業（在校名、筆歴など）・電話番号を明記し、２枚め以降に、あらすじ（原稿用紙3枚以内）をつけてください。

●応募作品の返却、選考についての問い合わせには、応じられません。
●入選作の出版権・映像化権、その他いっさいの権利は、小社が優先権を持ちます。